U0943891

真爱咖啡馆

Tu verras, les âmes se retrouvent toujours quelque part

Sabrina Philippe

[法] 萨布丽娜·菲利普 著　胡潇楠 译

西南師範大學出版社
国家一级出版社 全国百佳图书出版单位

万墨轩图书
WIPUB BOOKS

献给克里斯蒂亚娜、费利克斯和塞缪尔。

序

有些人在一瞬间,在几个小时之内,在一个微笑之间就能触动我们的心灵,而有些人终其一生都未曾打动我们分毫。

有些人让我们一见如故,而有些人则白首如新。

有些人令我们一见倾心,爱慕对方的一切,从阴暗到光亮,从气味到肌肤,从笑语晏晏到沉默不语,而有些人则需要我们去磨合。

有些人与我们心有灵犀,而有些人则让我们自觉对牛弹琴。

有些人值得我们细细品读,而有些人则浅白如水。

有些人与我们情投意合,而有些人则与我们貌合神离。

这是为什么?

我一生中遇到过无数男男女女,他们总是带着同样的问题对我诉说他们的情感经历、他们的疑惑和他们的痛苦:为何去爱？怎么去爱？抑或如何停止去爱？

然而，他们中的一些人曾经历如此不同寻常而又刻骨铭心的爱情，以至他们对内心迸发的情感困惑不已。当这段恋情结束时，回忆挥之不去，如影随形，不断重现。有时，他们认为自己疯了。

因为，失去了这段爱情，他们似乎就无法生存，他们沉浸在痛苦和等待之中，甚至常常表现出消极厌世的倾向。

他们将这次相遇视为一种不幸，将最终的分离视为一种惩罚。

我写这本书是为了告诉他们，他们没有疯。

你们所经历的并非病态的；你们所经历的，别人也经历过；你们所经历的，我也曾经历过。

心理学无法解释一切，对于这些不可思议的爱情，存在其他解读和答案……

这些爱情是礼物。

痛苦只不过是一段漫长旅途的第一道坎，我邀请你们走进这本书为之一观……

目 录

1
从前

将会有清晨和夏日
骤雨和闪电

第一次穿过大桥前往圣路易岛的时候，我知道自己没有来错地方。这座“湖边小屋”[1]十分适宜居住。我刚刚搬入位于莫兰大道14号的一间公寓，我想在这里重新开始。从餐具到画作，我卖掉了一切。我廉价出售了家具，扔掉了床单。在他离开以后，我在那间保留了我们结婚时装饰的屋子里待了几个

1 《湖边小屋》是一部2006年的浪漫戏剧电影，是韩国电影《触不到的恋人》的美国版。——译者注

月，最后决定不再守护一段不复存在的爱情。我已经流了太多眼泪。

每天晚上，我任由眼泪流淌，悼念他的骤然离去。空荡荡的床，散乱的床单，我蜷缩着的身体。我等待睡意袭来，等它终于像一份礼物一样降临，如此我便能休息了。在内心深处，我认为我的眼泪能够唤回他。痛苦往往是与离去之人的最后联系。于是，我们抓着它不放。与痛苦本身一样可悲的是，我们甘受这样的折磨，直至精疲力尽。我已经耗光了所有力气。为了让这段在我看来依旧庄严的婚姻重燃生机，我已经做了太多努力。我曾为了让他不随她离去而争取，她则为了让他离开我而争斗，她赢了。我也曾为了让他回心转意而努力，她则为了让他落子无悔而力争，她又赢了。于是，我为了守护回忆而争，在这场孤独的战役中，我终于凯旋。但是，这个我费尽力气获得的沉重战利品，却一天天地拖垮了我。因为我每每与其交错，都不禁会怀疑他在爱情伊始的狂热，即使这只会让我徒增悲伤。于是在一天早上，在不经意之间，这座纪念奖杯从我手中滑落，裂了开来。

一天起床时，我拉开了一个抽屉，一个做旧的蓝色五斗橱中的一格抽屉,一格容易拉出却难以合上的抽屉,一格我的东西和他舍弃的东西混在一起的抽屉。我坐在地上,看着这一堆怪异的混合,它昭示着一段同抽屉一样暗淡的过去,而我却不愿承认这一点。我本想把这些衣物、皮带和一段回忆联系起来,却毫无头绪。然而,这几个月以来,我知道自己一直颓然地躲在痛苦的壳中喘息。可今天早晨,我却感觉连这点微小的舒适感也荡然无存,眼泪和手帕徒增不适,种种伤心的画面不断重演。

然而,在这格抽屉里还残留着一段明快的回忆,一件初见他时我身穿的绿松石色针织短上衣。当时他看见了我,而我却没有看见他。我清楚地记得那一天,外面下着的雨,他登上的那辆车以及坐在车后座的我。他转过身来,看着我清亮的眼睛。他第一眼就爱上了我——这是他后来对我说的。正是由于这个原因,我一直留着这件绿松石色短上衣。

因为实际上,我真的已经想不起他那时的面容了。所以,我手里握着的仅仅是他的回忆,而只有回忆中的这个故事才构成了一种共同的情感。我起了床,找来一个大袋子,把蓝柜子里的所有东西都塞了进去,包括我自己的,因为这些东西都是为他而买的。接着,玄关就堆满了袋子。我从一件家具走到另一件,我拿起一个个物件,将它们重新放了回去,又再次改变了主意,最后,我还是把它们都扔了。我尝试悲伤,却发现自己的内心毫无波澜。那天晚上,我没有睡觉,也没有哭泣。我放空了,放空了自己的痛苦和记忆。

当我感觉周围再也没有他的痕迹时,我洗了个澡,化了妆,套上我仅存的牛仔裤和套头衫,然后拨通了西蒙的电话。

西蒙,是我刚认识不久的一个单纯的、讨人喜欢的男孩儿,在一个别无二致、匆匆结束的晚宴上,他不知怎地喜欢上了我。他打过几通电话,我一般会匆匆地结束通话。但是,我需要他!在我的生活里,在我的周围,在这个新的空窗期,我需要一个充满活力的人让我振作起来,重新振作起来。所以我给他打了电话。

他骑着他的轻型摩托车准时出现了,我在楼下等他。他笑容洋溢,心甘情愿地来了。我坐到了他的身后,他骑得飞快,风似乎吹散了我纷繁的思绪。我喜欢这种感觉,这种速度,这阵风。他带我去了电影院——我想不起电影的名字了,只记得是一部喜剧。我看着周围的情侣们,他们或窃窃私语,或相视而笑,或安静地享受着彼此的陪伴。

在这一刻,我想要融入这周末的氛围。我握住了西蒙的手,他对我微微一笑。他长着一张略显稚气的俊朗脸庞,还有一颗随着年龄的增长而愈发坚定的纯善之心,尽管我知道我将无法验证这一点。他喷了点香水,散发着好闻的味道,他衬衫上刚出现的褶皱与被单相似。我想到了他的床,想象自己的身体躺在他的床上。我想,我这了无生气的身体也该动一动了。他亲吻了我的脖子,我回应了他。

我们沉默着离开了电影院,再次骑上摩托车,来到他小小的学生公寓,而他已不再是学生了。我们之间没有丝毫局促,在一种心照不宣的默契下,我们成了情人。

后来,我从心底庆幸这件事的发生,因为这让我重新变成了一个有吸引力的女人。他问我是否愿意留下来,我想起了家门口的那些袋子,给予了肯定的回答。我们一起进入梦乡。醒来时,我终于不再有泪水,只有咖啡放在床边。我告诉他我想要卖掉我所有的东西。“连车也卖掉吗?”他问道。“是的,连车也卖掉。”

他和我说他认识几个这方面的人,他可以帮助我离开郊区,离开那个住着关系僵滞的情侣的地方。

我说道:“我想要四周充斥着生活气息,车流不息,熙熙攘攘,人们走着,赶着,交谈着,我甚至都不想再过周末了。”他打开了一张首都的地图,说:“那么就应该是这儿了。”我点燃了我的第一支烟,心想他或许是对的,而且,我必须加快动作了。因为,在这一天,我必须谈论爱情了。

这是我的职业:谈论爱情,倾听爱情,感受爱情所有的变化,从一见倾心到分道扬镳,从婚外情到独居。我知道爱情所有的音阶和所有的离调。这就是我的工作。奇怪的是,我自己的婚姻分崩离析,却有人请求我用自己的建议来启迪他们的心灵。毋庸置疑,我深谙此道,我信心十足,因为我就是由此出名的。每个星期,我都要上几次电视节目,我写了一本关于不婚的书,我收到无数来自处于分手边缘的伴侣们的邮件。多么矛盾啊!在这孤独的生活中,我在夜里独自饮泣,却在白天给那些陌生人带去笑颜。然而,我的痛苦使得我对他人的痛苦时常感同身受,我与他们产生了共鸣,从而更能对症下药。

不过,如今我不知道怎样才能鼓起勇气在镜头前令人信服,并为他人的幸福而赞叹。在这段时期,这些幸福的例证仿佛利刃般刺进了我的心里，而那些不那么幸福的案例则残酷地证实了我对爱情不断涌现的失望。

然而，我不失尊严地从这片阴影中走了出来。过程总是千篇一律，简单至极：从化妆开始。我很少照镜子，我的模样如何，我并不在乎，这不会改变什么。我做好准备就会走到摄影棚内的舞台上。我们等待着主持人，有时一等就是很久，很久很久。等他来了，节目就可以开始了。他向我点头致意，我并不认识他，无论是在生活中还是在工作中。节目组只是决定让我上电视，他同意了，这就足够了。在舞台上，他对待我的态度经常维持着表面上友好的默契。不管话题是什么，我总能谈论一二，连我自己都惊诧于我的这个本事。对于每一个问题，我都有答案。我几乎没有准备。我只是单纯地关注每一个嘉宾，并给予他们建议。有时候，主持人会针对他认为正确的回答和评价而称赞我。节目结束之后，他回化妆间，我回家。有时候，我会接连录制好几个节目，既兴奋又疲倦。但是我喜欢这种疲惫：对于睡眠的基本需求让我再次充满了活力。

其实，我很难想象在聚光灯下的这几个小时将会在大众面前播放。当有人在街上认出我时，我总是十分惊讶，这经常以不合时宜的方式提醒我,我所从事的工作是多么滑稽。可能在内心深处,我私生活上的满目疮痍使我认为自己不再有资格去谈论爱情,但是我谈论爱情时的信心可能也弥补了我个人的感情缺失。

我与爱情之间的距离让我变成了自己的试验品。重归单身之后,每一种情感或许对我都有用处。因此,我接受了这个新的情人。

于是,这一天,我将一如既往地谈论爱情,我的身心因这些新的情绪,或更确切地说,因这些再次涌现的情绪而轻盈了些许,也厚重了些许。随着时间的流逝,我任由西蒙那炙热的纯朴在我身上留下印记。我在他家过夜,很少回自己家,我购买必需品,日复一日。我穿着录制节目时所穿的衣服,像一个享受假期的女孩子一样逍遥自在。除了工作,我只考虑一些极致简单的东西,比如我想吃些什么,我想在当天晚上如何做爱,抑或我将怎样打发周末和夜晚。

很快,我在西蒙提到过的大区找到了一间公寓。很快,他卖掉了我的家具、藏画和汽车。很快,我搬家了。

2

在那一天到来之前

我必须摧毁一切
情感和回忆

一张床垫，一张花园桌，两把椅子和一架钢琴，就是我在位于巴黎市中心的小公寓里的所有家具了。公寓里还有一个壁炉，我迫不及待地等待着冬天，渴望听到火花噼啪作响的声音。当一切都不复存在，只剩空虚的时候，我们就该把它填满。空虚叫人无法容忍。

填满空间再简单不过了：我买了一些新东西。这些一个又一个重演的第一次，为我带来了愉悦的体验：第一杯咖啡，在新床单上度过的第一个夜晚，第一次洗澡，第一次将身体裹在新浴巾里。空间容易摆布，但思想不那么容易驯服。一开始，我真的相信我已经拍卖了过往，清空了关于他的回忆，就像其他回忆一样，然而，搬了家之后，我才知道并非那么容易，可我却一再偏执地骗自己。

这份回忆回来了，再次回来了，在爱情到来之后。

我安顿下来几天之后，西蒙留下来过夜。我非常乐意回报他曾经对我的款待。有时候，我喜欢他待在这里。一天晚上，他像往常一样热情地抱住我，然而，我意识到我什么感觉都没有，这种感觉先是微不可察，随后逐渐清晰。我的肉体没有反应。后来，再次思考了这种异常之后，我睁大眼睛，在他睡着的时候重新想起了另一个人的身体，想起他的味道，他不穿衣服的身体，然后是穿上的，仿佛他穿着的是一段回忆，我们的回忆。眼泪骤然而至。这该死的痛苦！原来我只是睡着了，我在深夜里醒了过来。

之后的几个小时，我一直抽烟到天明时分，在这之后，几个星期以来的那种流于表面的无忧无虑消失了。就在西蒙在上面睡了一觉之后，我毫不费力地换了床单。

然而,我决定不分手,只是减少我们见面的次数,即使每次见面带给我的快乐越来越少。西蒙依旧是阻止过往将我吞没的屏风和堤坝。尽管他乐观的天性显然已经无法再感染我,我还是在拼命挣扎。他不傻,但他很好地掩饰了他的情绪。我清晰地感觉到了冷,在他的摩托车上,在我的床上,就像秋天悄然来临时一样。

我运用了一个无数次指点别人的建议:避免比较,避开所有不吉的念头,活在当下。说起来容易,真正做起来却很难,如此艰难,以至于我独自过夜的次数越来越多。

痛苦不仅从未离去,反而变得愈发沉重。我的眼泪一文不值,换不来他的回心转意。我们的过去就像被乘船离去的人甩在身后的风景,细碎的回忆变得模糊不清,而其他回忆也慢慢氤氲淡去。

最终,我实在不知道怎么度过这一段新生活。我没有什么朋友和熟人,在分手的战役中我失去了很多。有时候,会有人打电话给我,但是十之八九是为了咨询,征询我对于某种爱情境况的专业意见。我沉浸在这个游戏之中,但对于自己,我却没什么好说的。人们都为我的新恋情感到高兴,认为我终于结束了几个月以来的以泪洗面。我连稍做解释的兴趣都没有。新恋情,新公寓？诚然,我手里握着新生活的纸牌,但是应该怎么玩?

很多认识我的人认为我过着非凡而生动的生活,觉得我流连于宴会,社交不断,觉得我结交知名人士,炙手可热。我从事的职业对他们来说就是一份证据。

但我从未受到此类宴会的邀请,我很少见人,而且他人的在场很快就会让我感到无趣。

我变得孤僻,小部分原因是必然所趋,大部分原因是出于疲倦。我如同一个面对破碎玩具的孩子,不知道该怎么拼凑生活的碎片。

在我搬家之后的一个月,我还没有时间去探索这片新的街区。我像一个游客一样在马莱区散步,当我返回时,我对自己住得如此之近感到讶然。当夜幕降临,我录制完节目之后,怀着同样的讶然沿着塞纳河回家。这正是我所期盼的:街道上随时随地都是人,甚至到了夜晚也是如此。城市里永不停息的喧嚣让我感觉自己还活着。

但我工作时就没有这样的感受了。录影棚在地下室,那里没有日光,时间也不复存在了。当我走下通往舞台和化妆间的台阶时,似乎跨越了一条边界,进入了另一个世界,一个流于外表与形象的世界。这里的人不再是地面上的他们,只剩下曲意逢迎的脸庞。他们的生活不再有相同的起伏,他们的故事不再是相同的情节,他们将自己藏在伪装之下。嘉宾、化妆师和技术人员,所有人都与自己的日常生活做了切割。我也一样,我只表现出光鲜的那一面。或许这就是诸如此类的活动让人沉迷的地方。不是由于聚光灯令我们故作姿态,只是因为外面的生活以同一种方式消失了,变得微不足道。镜子里的我变形了,变成了别人,变得不再一样,我粉饰了自己。当我说话时,大家会为我鼓掌,但是在这一刻,大家称赞的并不是真正的我,此处隐藏着顾影自怜的陷阱。

我没有沦陷其中,不是因为我内心强大或头脑清醒,而是因为当我踏上离开舞台的台阶时,过去的时刻仿佛从来没有存在过,如同南柯一梦。第二天,我就已经不记得自己听到了什么,说了什么。对我而言,这段时光显得微不足道,而且,我没有自己的生活,也没有任何幻想。

但是,我看得很清楚,主持人刻意拖延了每一次录制的时间，因为他不愿回到上面的世界，他对真实的世界已经不感兴趣很久了。

我无法否认的是，当我不工作的时候，当西蒙不在的时候，我经常陷入对黄昏的焦虑之中，一连串的问题在我的思绪中翻涌。每一天，每一个小时，每一次谈话的意义何在？失去了爱情的生活显得如此空虚，而这份空虚是物件、家具和杯子永远也无法填满的。但是为什么呢？我是不是弄错了，在另一个自我之中迷失了，以至于忘记了初心或最本质的东西？这份我假装热情参与的工作愈发像一场大型假面舞会。它究竟有什么意义呢？此外，这场假面舞会尚未蔓延到我的全部生活中吗？

我的成长中没有父亲，我的童年并非无忧无虑，我不停地尝试弥补这份缺失。对我来说，婚姻是朝着弥补迈出的崭新的一步，因为，终于有一个男人爱我爱到愿意赋予我他的姓氏。但是，最终，这个姓氏也不再属于我。这只是一次我必须归还的借贷，就像这份曾经等待已久的媒体工作，至少在最初，我是如此渴望这份认可。今天，我所有的打算都已成为过去。那么，我还剩下什么选择？

我坐在新沙发上，虽然有时一坐就是几个小时，却没有找到答案。我经常借弹钢琴来打破这无休止的静默独白。但是，音乐让我的思绪飘得更远，因为游走在琴键之间的手指并不需要我予以特别的注意。我的夜晚稍纵即逝。我睡得很晚，起得却越来越早。我在自己的小厨房里不停地喝着咖啡，直到时间流逝得更快些。

一天早晨，我想要打破这日复一日的单调，想要出去走走，看看黎明中的巴黎。我迅速穿好衣服，出了门。走了几分钟，面前出现了一座大桥，我穿了过去。我忘了圣路易岛居然如此之近，而且如此美丽。我搬来这里几年了？我观赏着对岸的城市。太阳在历史悠久的古老建筑上缓缓升起，船只在塞纳河上滑过。我大步走在街道上，没有一处景色让我失望。我沉浸在这美丽的相遇中，我已经很久没有体会到这样的感觉了。我的住所旁就坐落着一座瑰宝，一处位于水中央的宝藏。狭窄而空旷的小街悄无声息，尽头便是塞纳河，从任何一条街道走来都是这样。

圣路易岛并不大。我本想迷失其中，但是为了不离开这座岛，我原路返回。我决定走遍几乎将圣路易岛平均划分的主干道。道路入口什么也没有，但渐渐地便点缀了些仿佛已经伫立了不少年头的铺子,这些铺子让道路的出口熠熠生辉。

我向右转弯,停在一家位于河畔拐角处的咖啡馆前。店门开着,似乎在等待着某人的大驾光临。我没有选择露天的座位,而是拨开了维持室温的紫红色天鹅绒帘幔。通过这一动作,我感觉自己进入了一场戏剧的布景。巨大的吧台,同为紫红色的高脚凳,巧克力色的墙壁,所有的一切让来到咖啡馆的人都能享受一种恰到好处的舒适。只有侍应生向我打招呼,里面十分冷清。我选了一个中间的座位,突然感觉到了长久以来难得的惬意。我点了一杯咖啡,这一次,我愉悦地品尝着。终于,在这个9月的早晨,我在这里找到了简单的温暖。

两个男人走了进来,明显是熟客。他们不需要点单,就已经有冒着热气的咖啡在吧台上等着他们了。我点了第二杯咖啡,我还不想离开。他们谈论着他们的工作,他们认识的人,尤其是一个他们明显不甚喜欢的人。照常来说,否定必然比好感更能让他们同仇敌忾。

一位蓄着胡须的老者出现了,直接坐在了吧台的一头。侍应生直接叫他的绰号。我从他们交换的只言片语中得知他是一名面包师傅。他冲我笑了笑,我同样回以微笑,因为他的脸庞和眼睛虽然悲伤,却散发出一种温柔。

所有的常客就这样一个接一个地来了,现在还不是游客到来的时间。他们都互相认识,简单地打着招呼,并在经过我时向我投来狐疑的目光。已经过去差不多一个小时了,我小口啜着第二杯咖啡附送的第二杯水,专注地盯着空了的咖啡杯,任由我的耳朵四处游走,享受着这天早晨难得的热闹。

然后,她进来了,有几个人向她打了招呼。我回过头时,撞上了她蓝色的明亮目光。我留意到我的目光也引起了她的注意。两双明亮的眼睛是否察觉彼此有着共同的过往?她走向一张靠近窗边的小桌子,那个位置可以看见圣路易桥和巴黎市政厅。这显然是她的老位子,有些偏安一隅。她也不需要点单,侍应生就挂着恭敬的微笑,殷勤地为她端来了咖啡。

我趁机再次回头,偷偷打量她。她银发挽起,五官精致,淡妆轻抹,身着深色套装,披着披肩,桌上放着几卷香烟。她有多大年纪了?大概六十岁出头的样子。但是,她依旧纤细的身姿让她略显年轻。她散发出一种自如,一种让我好奇的饱经风霜的智慧。

我尚未意识到我的打量已持续得太久,她却突然对我露出会心的笑容。显然,这样的观察并没有让她不舒服。我回之以微笑,同时微微点头致意,重新回过头来。

我的双腿提醒我,我已坐了很久。我依依不舍地离开吧台,向侍应生道了声“再见”。我希望,这两个字能完全表达它们的意思。拨开了紫红色的门帘,我最后一次向拥有一双明亮眼睛的女士打了招呼。现在,我该穿过河岸了。不枉这次出游。

我在这个地方,这座岛上,发现了一种活力与恬静的融合,这正是我数月以来极度渴望的。漫步在桥上时,那位女士的形象慢慢消散,而我开始思索她的人生以及我的人生。尽管车流骤然将我拉回那些并不怎么诗意的思绪当中,但是我知道,我找到了几个星期以前寻找的东西,也不去猜测是不是自己弄错了。

3

那一天

你的光芒点亮了我的光芒
在找寻你的时候

我找到了自己。

这一天一如既往地开始了。我平静地向圣路易岛走去,仍然像一个度假的人那样睁大眼睛,脚步轻快地探索着周围的街道,时不时将目光停留在来自另一个时代的建筑上。我穿过了大桥,欢快地欣赏着波光粼粼的河流,满怀喜悦地赶赴一场我与自己敲定的约会。我再次来到面朝河流的咖啡馆,那个有着紫红色高脚凳和暖色墙壁的咖啡馆,我决定每天早晨都在这里停歇片刻。我的每一天将从这里开始,雷打不动。在这些漫无目的的时刻,不妨来一场约会,一场有咖啡和香烟做伴的约会,一个令人心旷神怡的小憩。于是,在经历了寒冷与孤独的夜晚之后,我沿着河畔,奔赴一场犒赏,快乐地融入咖啡馆的温暖之中。

我坐在吧台上,侍应生已经习惯了我的出现,热情地为我服务。像往常一样,我拿起了报纸。夏日虽拖沓着脚步,但是顷刻就会被秋天赶上;四季亘古不变的循环总能让我感到安心,至少被预言的事是会偶然发生的。

我开始熟悉周围的面孔。有时,他们所说的只言片语会传到吧台这边,我捕捉到一二,并微笑着回以中立的评价。然后,我便重新将目光放在咖啡杯或当天的新闻上。这场约会,我只想与自己进行。

然而,这一天,一位眉清目秀的女士一如每天清晨一样走了进来,如同学生坐在课桌上那样坐在了她的位子上。我同她打了招呼——我已经习惯这样做了——我的目光总是停在她的脸上。她回应了我,同样会心地点了点头。我从这一刻得知,我正在变成熟客中的一员。她这天早晨穿的浅米色羊毛上衣让她的脸庞尤为光彩照人,这可能让我的目光比往常停留更久。不管怎样,在这不经意的时刻,她第一次对我开了口。

“您住在岛上吗?”她问道。

“不,您呢?”

“是的,离这儿只有几步路。”

她沉稳的嗓音透露出轻微的口音,这让她比看上去更为柔弱。

“您还想来杯咖啡吗?”她仿佛在邀请我与她同桌。

“好的,当然。”我向侍应生暗自递了个眼色,表明我要换位子。这加深了我受宠若惊的感觉,实际上,我还从未看见她与任何人结伴。我收拾好自己的东西,坐到了她的对面,向她露出更为愉快的微笑表示感谢。

“我认识您。”

这四个字刹那间洗尽了我脸上所有的感激之色。我微微有些失望,向她露出一个礼貌的苦笑。我不喜欢别人认出我,因为随之而来的是一连串的问题,甚至是对于电视行业和我接触的著名主持人的种种评价,因为人们并不热衷于了解我,这样的接近与我个人的魅力毫无关系。我在这里还尚未受到作为媒体人悲伤而孤独的侵袭。

“您魅力非凡，”她用难以言喻的轻微口音说道，“但是，您不知道您在说些什么。”

这句话如同一把意想不到的砍刀一样落下，将我脸上的疲倦悉数转变为陡然的惊讶。片刻之后，我本能地装出一副愉快的样子。

“别误会我刚刚同您说的话，”这次轮到她笑了，“您表达能力很好，思路清晰直接。我并不经常看到您，但是您说话时极具说服力。而且，您很漂亮……”

所有这些溢美之词都无法抹去她先前说的话，却缓和了我刚刚的讶然。

“但……照您说的，我不知道我在说什么。”我答道，仍旧将自己隐藏在愉快的表情之下。

“当您谈论爱情的时候，就不是这样了。您对夫妻，对丈夫与妻子所扮演的角色，以及对什么能让他们靠近或疏离都能侃侃而谈。但是对于爱情，看得出来，您并不知道是什么。”

“我在这一方面很有经验，”我对她说，“可以说名副其实。我猜测您的经验可能更有说服力。但是，我见证了太多，比在座所有人加起来都要多。这是另一种体验。”我的声音变得严肃而职业化。

“但是,如果您知道什么是真正的爱情,您就不会有这样的眼神了。”

她点燃了一支烟,一边注视着我,一边吐出一口烟雾。

“不,并不是您想的那样,”她再次开口,“应该有人同您说过很多次,您的眼神是忧伤的,别人经常对我做出同样的评价。蓝色的眼睛总能轻易透露出忧伤,特别是,”她再次吐出一口烟雾,“您的眼神在寻找还未找到的人。您的眼神虽不悲伤,却透露出了失望。”

她和蔼的语气让我心生信任。若是在其他情况下,我可能会有所防范,但是面对她却不会。第一次,别人口中说的那个人就是我。

“我找到那个人了,”我对她说,“但是他为了另一个女人离开了我。我们结过婚,我曾想与他共度余生,而这却非他所愿。我们不能强迫任何人爱自己。”

“不是的,”她说着往座椅深处靠了靠,“您很清楚,我说的不是这段爱情。此外,我经常听到您在谈论爱情的时候使用

‘灵魂伴侣’这个词,但是您不该这样做。我向您保证,这种表达有些可笑。当您找到灵魂伴侣的时候,如果您能找到的话,因为在这个世上很少有人如此有幸,或者有时应该说是不幸。灵魂伴侣,与您在节目中提及的心血来潮的爱情毫无关系。”

尽管她的话语迸发出了真理的火光,我却在思考是什么让她对这一话题如此笃定。虽不愿冒犯她,我还是鼓起勇气询问她从事的职业,或曾经从事什么职业。

“我是作家,我还在写作,不过写得不多了。很久以前,我曾是一名记者,我探讨政治话题,历史也有所涉及。那都是很久之前的事了,我对这些都不再有丝毫的兴趣。事情总是这样:当您自认置身新闻之中,您就已经晚了一步。至于历史,总要等个几十年才能完全显露出来。我这把年纪看到结果是不可能了……您写作吗?”

“有时候写。其实,我去年出版过一本书,但不是小说。”

鉴于她最后说的那几句话,我不敢对她说这是一本教人如何告别单身的作品。

“那么,您是否像您谈论爱情那样书写爱情?”鉴于我们的工作领域有些交集,我问得更直接了些。

"不,"她边说边微微低下了头,"不,我没有权利这样做。"然后她凝望着窗外塞纳河上的桥,也可能是桥上的某样东西。我扭过头想看看她在看什么,却什么也没看到。于是,我重新看向她。接着,她补充道:"他曾要求过我。'你不会写我的,是吗?'他就是这样说的。我总是尊重他的意见。"

尽管她在看着我,我却不敢加以追问。但是,在这一刻,对我来说,她拥有一段故事,一门知识,挑动着我的好奇心。

"是的,在这段爱情里,我曾经爱过。"像是回答我无声的询问一般,她接着说,"而且我仍然在爱着。我将爱到咽下最后一口气,因为我别无他选。"

这位年迈女士的爱情宣言震撼了我,即使我并不真正理解她在说什么。因为,我显然没有领悟到她话语中的深层意思,但她坚决的声音令我沉默下来。

在这个有着巧克力色墙壁的咖啡馆里,时间静止了,我们周围的人都消失了,桌子和杯子也一并消失了。她的情绪感染了我,与我自己的情绪交织在一起。

像是为了打断这个于地点、时间和相识程度都不相宜的亲密,她微笑着说:"我同您说得太多了。我很抱歉,但是我已经不太清楚该怎么去与人交谈了。我受够了平淡。”

“平淡构成了我一天之中听到的大部分内容。”我回答她，然后补充道，“我该走了。”

我不想走，但是我觉得到了该走的时候。

“很高兴认识您，”我边说边站起身来，“您若愿意，我们以后再聊。我每天早晨都在这里……”

“是的，我也是，即使我和您来这儿的缘由不一样。或许是一样的也说不定……那么，明天见。”

收到第二天继续与她聊天的邀请之后，我便能安心离开了。我与她握手告别，她的手与她的脸和声音一样，散发出一种矛盾的和谐。我走得有些急切，差点撞在紫红色门帘上。一出门，呼吸了新鲜空气的我清醒了些，随后就意识到我失礼了，我没有付自己的咖啡钱，也没有付她的。

我想起了接下来我必须要做的好几件事情，想到晚上我得去见西蒙，这一念头令我烦心。瞬间的真情流露往往就能暴露其他所有的伪装。我第一次拥有了一股力量，更确切地说，我拥有了理智去思考。这一段关系对我来说可能并不像我所坚信的那般必不可少，或者更糟，这段关系对我们而言已经无关紧要。从某一时刻起,它已经濒临死亡,而我们就像站在病人床前的亲友,不肯面对注定要发生的事。

4

起初

我曾度过恬静的冬日与灼热的清晨

“很久很久以前，在沙漠的边缘，我们坐在岩石上。我俩都身穿白色的衣服，夜幕降临了。那一天，他对我说话了，他向我描述天空。我久久地聆听着他的声音，直到星星的来临。他手上拿着一块泥板，向我展示怎么在上面勾勒符号。他向我展示了女人们不应该知道的东西。他说的每一个字都像蜂蜜一样淌过我的灵魂。

“很久很久以前，我俩穿着白色的衣服，太阳温暖了我们的脸庞。他牵着我的手,漫步在人潮之中。我没有权利像他妻子那样伴他左右,我并非他的妻子,于是我低下了头,亦步亦趋地跟随他的脚步。我已经知道该怎么勾勒符号,就像他教我的那样。当夜幕降临时,我们总是在那块岩石上相聚。

“他对我说,情势变得于我不利,他不愿玷污我的名节。然而,我们相拥在一起。那天晚上,他的嘴唇、他的身体与我紧紧相连,我们深爱着彼此。他对我说,他不能再这样与我见面,他已经与另一个女人结合了。但是他的灵魂与我的灵魂会永远相连,他将与我重逢,因为灵魂是凌驾于生命之上的存在。

“我对他说,我无法远离他而独活,自从他对我说话,我每一天都在等待他的到来。我的每一个思绪都缠绕着他的脸庞和他的声音。如果我的生命里没有他,我宁愿死去。‘没有人能逃离注定的命运,如果你不得不死,你就会死去。’他的话语像沉重的石头朝我掷来。石头击中了我的脸和身体。我等待死亡的召唤,为了在另一个地方与他重逢。然后,死亡降临了。

“这是我能够想起的我们之间最久远的记忆。”她对我说。

“很久以前？我不明白。”

“是的,很久很久以前。我知道您并不明白。”

第二天早晨，我坐到了她的对面，请求她继续昨天的谈话，我们就这样重聚了。我说：“您还想与我交谈吗？”在来岛上的途中，我百感交集，其中夹杂着些许愤慨和疑惑。但是，当我穿过紫红色的门帘，看到她的微笑和她同样的期待时，我坐了下来，等待她再次对我说话。

在穿过紫红色门帘的时候，我便决定，这一次我只倾听，不发表意见，我的脑海中也不做任何评判。

但是，我还是忍不住想，她是不是疯了，她精神错乱的程度似乎比我还要厉害。

“我刚刚对您所说的话，我经历了数年的时间才知晓和明了，甚至花了我好几辈子的时间。我最终知道，这是我最后一世生命了。”

我一言不发，只是低垂着双眼，试图再次理解她话语中真正的意思。

“我说得太快了。”她补充道。

“是的，有一点。”

“您想知道些什么？”

“您经历了什么才会这样谈论爱情，这是我想知道的。”

“我不确定您是否能够理解,但是您出现在这里绝非偶然,您来这里寻找一些东西,而能够给予您的人似乎是我。”

“看来,您有着一种我所没有的知识。”我回答道。

“但是您无法拥有这种知识!”她的笑声打断了我们交换秘密似的口吻,“这种知识选择给予您启示,别无所图,您可以相信我,但是真正的知识无法为任何人所有。您无法将其囊括在任何一本书里。”

“您对我讲述您的故事,或许就是在启示我?”

这一见解似乎取悦了她。她又拿起一根香烟,一边点燃一边注视着我。

“是的,可以这么说,我必须从我的故事开始说起。但是我不知道自己能否做到,而且,这个故事说来话长……”

“我有时间,我所有的时间都给您。您的信任让我无法不对您坦诚相待……我不知道自己为什么会在这里,坐在您的对面。若干小时之后,我也不知道自己为何会扎根在镜头之前,从爱情讲到工作,再讲到婚外情。我问自己来这世上做什么!我曾经爱上一个男人,他离开了我,我搬了家,我不停工作,我有一个情人,但这一切都毫无意义。至少,说实话,我的追求都化为了泡影，我一无所获。每个早晨，我起床时就在等待着夜晚；每个夜晚，我入睡时就在期盼着黎明。在半梦半醒之间，冷意不断向我袭来，唯一能给予我些许温暖和喘息的地方，唯一制造了一种微弱的期待感、一种舒适的重逢感的地方，就是早晨的这里。您的目光同样温暖了我，或许是由于其中漫溢的光芒。我很喜欢听您说话，因为我渴望从您的话语之中，找到一个相信明天将会和今天不一样的理由。也许有一天，我起床时会期盼时间不要流逝得太快。所以，此时此刻，如果您对于我该如何打发时间有什么真知灼见，请不要犹豫！”

我说得很快，一种绝望的情绪和这几个月以来一直折磨我却让我无法释怀的事实令我情难自制。我感到有些激动，由于我倾吐了一个日复一日不断蚕食我生活的秘密，我的内心宽慰了不少，因为我不必再扮演一个固定的角色。

“我十分理解您所说的话。”她回答道。

她的回应让我的宽慰转为一声叹息。

“可以说，我出生在错误的地点和错误的时间。然而，孩子们总是按照自己的意愿选择降生的地方。我选择于1935年在波兰，从一位名叫米利昂的犹太单亲母亲的腹中出生，是她的不幸赋予了我生命。据我所知,她直到31岁还未婚,过着放纵的生活。她是一个不拘泥于礼法的女人,热衷于结交华沙的艺术家们,其中有些是她的情人。而我的父亲,或者说我的生父,便是她的情人之一。我从后续的事件得知,我是一段婚外情的产物,恰似由于这个原因,他从不愿与我相认,尽管他将我视作他的孩子。因为种种伤风败俗的行为,我的母亲成了她家族的耻辱。她一怀孕,就被家里扫地出门。她在乡下度过了最后六个月的孕期,几乎与世隔绝,然后,在她分娩之后,她被告知禁止带着我回到华沙生活。鉴于她坚决要回去,尤其是要回去与我父亲重逢,她的家族提议和她做一笔交易。

"她的两个姐姐都嫁给了法国人,在巴黎生活,其中一个愿意领养我。于是他们商定由她带我去巴黎,好让我在那里独自长大。在我出生几个星期之后,她就上路了。但出乎所有人意料的是,一到巴黎,我的母亲就拒绝丢下我而离去。得知这些事情,哪怕到了今天,我都深感幸福,它们伴随了我一生。她放弃了过往的生活,成为我的母亲。

"她就此留在了巴黎,住在她的一个姐姐家里。我得知我的父亲曾来巴黎看过我们两次。我从中推断,他们应该是相爱的。

“我的母亲从未真正工作过，却迅速地成为一名裁缝。她曾经纵情声色，流连于男人与舞会，却骤然沦落到睡在小餐厅的床垫上，过着俭朴的生活，只有母爱能让她聊以慰藉。她就这样生活了四年。我知道她的姐姐曾多次试图劝她结婚，但都被她拒绝了。

“1939年8月，我的外祖母生病了，我母亲决定回到华沙尽孝，在那里待几个星期。我无法陪她回去，因为我的外祖父拒不让步。他不愿意自己的女儿带着一个‘私生女’招摇过市。在那个时代，人们提起这个词总是嗤之以鼻。我曾找到一封信，这些措辞准确地表明了他的抗拒。

“我想，在历经四年各种各样的贫苦之后，我的母亲不会仅仅为了一个缠绵病榻的女人而回到波兰。她或许准备与我的父亲团聚一些时日，或者和她的老朋友叙叙旧。总而言之，她再也没有回来。1939年10月，她回到犹太区，再也没能离开那片领地。1942年，她被押送到特雷布林卡灭绝营，最后死在了那里。

“我保留了几封那个时期的信件，她一直担心着我，说她会回来。我疯狂地想念着她。后来，我找到一本她在这一时期写的诗集,这本诗集让我对她有了完全不同的看法。她一点儿也不轻浮,她是一个极度感性的女人,还拥有对于那一时代而言相对超前的学识。我想象着,在长达四年的时间里,当她的脑海中憧憬着其他的快乐时,却不得不埋头于针线活儿,这是一种怎样的艰辛。

“我可以对您说,我曾等待她的归来,我曾备受煎熬,但是我什么都不记得了。我的姨母们对我疼爱有加,她俩都没有孩子。

“在得知对于犹太人的法律愈发强硬后,预感到发生在波兰的事早晚会蔓延到法国,我的一个姨母带我去了自由区。我隐约记得我们住在乡下的一个小房子里,她常常哭泣,因为她失去了我姨夫的消息。

“1942年,为了确保我在逐渐失去地位的自由区中的安全,她将我安置在一所埃克斯附近的天主教寄宿学校。我在那里一直待到成年,再没有收到家人的消息。我在修女的围绕下长大,尽管我的内心充满悲伤,我还是渐渐忘记了我的母亲和姨母们的面容,忘记了我那一口流利的波兰语,忘记了等待她们的归来,忘记了笑,甚至最终忘记了我的悲伤。在十四年的时间里，我埋头阅读，学习音乐，尤其学会了钢琴。在很长一段时间里，我拒绝弹奏肖邦，或许是因为他总是让我无比感伤地想起自己已然淡忘的斯拉夫血统。”

5

过渡

我曾度过夏日，我曾历经风雨

“1957年，当我离开学校时，我的两个姨母已经是我仅有的家人了。然而，我必须知道我的母亲和姨母们曾经经历了怎样的变故。这个问题的答案经常让我不寒而栗。在我儿时的脑海中，我常常思忖着她们是否并非只是抛下了我那么简单。

“我从巴黎之行中得到了令我忧惧不已的答案。我的母亲、一个姨母和两个姨父都被押到了集中营，无人幸存。至于另一个将我安置在寄宿学校的姨母，我花了些时间，在一所巴黎郊区的收容所里找到了她。

“当我去看她时，她甚至没有认出我。我有一肚子的问题要问她，她却无法给予任何回答。她在那里被关了十年。我永远也不知道发生了什么。我又去探望过她两三次，但是我很快认识到，这毫无用处。几年之后，她过世了，当别人将她寥寥无几的衣物交给我时，我从中发现了我母亲的信和诗集，还有一封我父亲寄来的信。后来，我尝试着寻找过他，并不抱太大希望。然而，和其他人一样，他也去世了。

“到达巴黎之后，我来到一处居住着年轻姑娘的公寓，我的姨母曾经给过我此处的地址。然后，我在一位医生那里得到了一份秘书的工作。他和他的妻子很快便喜欢上了我。不得不说，我性情谨慎而谦恭，当时，我对自己的生活没有一丝憧憬。这对夫妇有一个独子，将来也打算从医，自然而然地，我们开始交往，一年后，我们结了婚。

“所有父母都会喜爱我这样性情持重的孤女，我每个星期天都去做弥撒，我曾接受过做家务的培训，有时我会弹一会儿钢琴来逗他们开心。修女们为我订婚的消息感到高兴，但在我看来，我甚至不知道这真正意味着什么。我再次找到了一个家，这于我而言才是最重要的。

“但是我想,遇到这个受过教育、富有魅力、性情开朗的男孩儿是我的运气。一个迅速爱上我的男孩子,这对我来说可不常见。并不是我不喜欢他,而是我根本不懂爱情和爱的感觉。此外,我察觉到,在我向您讲述这些事情的时候,我的内心一片漠然。实际上,那些年,我的生活不受任何感情的侵扰。很长一段时间,我的喜怒哀乐只流于表面,内心却没有真正被我经历的这些事件所触动。就您从事的职业而言,您想必能够理解其中的原因。”

我眨了眨眼表示赞同。是的,我很理解,这个女人曾经经历了太多离别,不愿再冒险投入另一段感情,被她深埋在记忆深处的痛苦想必已经深入骨髓,以至于她今后都不愿再去重温。我十分理解,集中营犯人身上的文身不仅仅是他们的标志,同样也是他们后代的标志,当这些后辈接触到人性的野蛮时,便无法对其视而不见。

“在我快满23岁,他27岁时,我们就结婚了,住到了离我公婆的住处不远的一套小公寓里,就在马尔泽尔布大道旁边。

“接下来的一年我十分幸福。我尤其体验到了一种从未体验过的自主。而且,我的丈夫喜欢出门玩乐,有时他会带上我。当我晚上一个人在家时,我经常试着写作,因为,其实我觉得这种安逸却平淡的生活有些无趣。

“一天,我把自己的想法告诉了他,而他是这样回答我的:‘我知道我们是时候要一个孩子了,这是不是你想说的？我的父母也总是向我暗示这个话题,但是有什么好急的呢？’

“我回想了一遍这些平淡的日子,我要么是为所有人准备午餐,要么是为我们两人准备晚餐,要么偶尔出趟门,我发现自己并不想生育。说实话,我没有丝毫做母亲的欲望。我才刚刚发现身为女性的乐趣。我丈夫喜欢我打扮,也喜欢我化妆,他觉得我很美,其他人也这样赞美我,这一切对我来说是如此新奇。生一个孩子？不,我真的没有想过。

“我不敢把这个想法告诉他,但是我感觉生育或许会再次将我囚禁多年,这一想法令我不堪忍受。我的丈夫以他的方式理解了,他也同样松了口气。最终,我们都想要自由。因此,他建议我学习令我深感兴趣的文学。在我们结婚两年之后,我被索邦大学录取了。

“他经营着一家人来人往的诊所,但是,随着我的几次临时到访,我逐渐察觉到,他深受女性的喜欢,而且这间诊所的大多数患者都是女性。

“虽然我很天真,却并不愚蠢。当我们出门时,我看到女人们会在我丈夫走近时眼睛发光。我对此心生自豪,但是不仅如此。我很快意识到,与一个富有魅力,尤其热衷于散发魅力的男人结合是多么令人不舒服。

“或许我此时的第一感觉是嫉妒,但是,我最终像其他人一样快速压制了我的嫉妒。

“我愉快地投身到学业之中,我喜欢学习,也喜欢和其他学生交谈。学校中女学生寥寥无几,因而我可以在朋友圈里肆意练习自己对异性的吸引力,这对我来说就足够了。

“渐渐地,我丈夫开始愈发频繁地独自外出。由此,我发现他经常在昂吉安赌场赌钱,但是,我也知道他不是每天晚上都赌。起初,我自然会等他回来,后来……

“在我们结婚四周年纪念日时,已经没有什么好庆祝的了。我们完全过着互不过问的生活。我的公婆为此感到痛心,但是他们并没有受骗。我知道我丈夫多次向他们要钱偿还赌债,或者用作和情妇们寻欢作乐。可他们却鼓励我怀孕,向我保证父爱会让他们的儿子改过自新,而且,身为人父的责任也会让他以新的眼光看待我们的婚姻。

“他们认为我已经心灰意冷，其实我并没有。

“我们早已心照不宣，我仍旧按部就班地生活。我并未因此寻找情人，但我有朋友和熟知的同学，学业填满了我的生活。我晚上写作，白天学习，抑或与我的同学聊上几个小时。这个时期诸多美好的时光仍保留在我的记忆中，情感上的孤单并没有困扰到我。

“不管怎样，当我在我丈夫晚上离开之前或者早上回来碰到他时，我感受到了痛苦的隐忧。我不明白这个男人怎么能够行医。

“1965年6月6号，就在我们结婚七周年即将来临之际，他死于一次意外溺水。在他过世前的两年，我几乎没有见过他。他把一部分东西搬到了另一个女人那里。

“然而，在他去世不久之前，生活给我们安排了最后一次见面。一天早晨，他十分消沉地回来了。他又一次赌输了，而且，我想他的情妇再也无法忍受总是看不到他的人影。他问我为什么对他没有一丝责难，为什么从来没有，为什么我如此轻易地任他远离。他对我说，他认为我从来没有爱过他，也许是因为这个原因,他才会迷失在其他女人的怀抱里。'而且,你从来没有对我说过你爱我。我对你说过!你从来没有回应我。'我记得他说的这句话,我也为此思索过。

"他说得对,我从未对任何人说过'我爱你'。他问我是不是有了情人,我否认了,他不相信我。随着时间的流逝,我理解了他。他说我是一个假正经的女人,然后又请求我的原谅。他在前夜喝了很多酒,还带着一身酒味儿,这些年过去了,他早已失去了他的骄傲。他对我说他要去蓝色海岸待几天,但我们必须继续这次谈话,毕竟我永远是他的妻子。他还说我很美,说他想要吻我。

"接下来的几天,我都在担心着事情的走向。如果他决定回来,不管是出于什么原因,我都可以抛开我的安宁和那份孤独的舒适。但是他永远不会回来了,再也不会回来了。

"他的父母也没能从这次噩耗中恢复过来。至于我,比自己想象中哭得更厉害。在之后的几个月,我哭的不单单是他,我哭的同样也是我失去的一切,我像儿时那般哭泣,尽管我早已不是孩子了。在长达几个月的时间里,我为了这些事情而痛哭不止,我把自己关在公寓里,几乎不再出门。我将自己和外界、文学、音乐隔离开来，试图平息痛苦。我甚至想过去死，但是这个想法最终没有实现。”

6
伪装

我曾遇见一些目光，有的从未见过，有的习以为常

“他没有遗产。只留下了一些债务。他的父母想把我当时所住公寓的使用权留给我，我拒绝了。我告诉他们，我一找到工作就会离开。

“于是，我在30岁时成了一名记者。更确切地说，一本女性杂志的编辑。我住在第5区正对此处的一间单间公寓里。”

她用手指了指河岸对面。

“我编撰一些关于时尚的愚蠢文章，但是，我很自豪自己找到了一份工作。一开始，我相信自己在婚姻中是自由的，后来

我才发现,真正的自由完全是另一种滋味。过去,我与一个家庭、一个男人联系在一起,即使我认为行动十分自由,但是在这场婚姻里,我最终没有得到任何权利。我所做的一切都不会困扰、冒犯或伤害我周围的人,我曾经受到的宗教教育以及其中关于罪孽和束缚的部分很大程度上规范了我的行为。

“在这间单间公寓里,我第一次真正变得孑然一身,获得了真正的自由,我可以依照自己的喜好自由地穿衣,自由地交朋友,自由地选择回家的时间。我开始有了情人,我顺着自己的心意对待他们,热情或冷漠。对生活睁开眼睛之后,我发现自己是如此受欢迎。既然我的工作这样无聊,我决定也把它稍稍变成我自己的事情。我把大作家和其他文学作者抛在脑后,专注于我的指甲油和高跟鞋。我发现了肉欲和性的乐趣,总之,我肆意卖弄风情。可能在无意识之中,我试图接近自己的母亲,我对这个女人知之甚少,但是她和我一样,在三十年的岁月里过着游戏人间的生活。

“或许我在试着通过模仿来和这个我知之甚少,甚至已经不再记得的女人创造一种联系。

“然后,在我寻欢作乐几个月之后,我自然而然地坠入了爱河。杂志社的经理辞职了,而他的接替者在到任的第一天就把我迷住了。”

这个信息令我莞尔一笑。我把她想象成一个热恋中的年轻女子。在度过了这么多年的清修生活之后,我想象着她穿着碎花裙子,脚步轻快地漫步在春日巴黎的柏油马路上。

“我很晚才体验到心动的感觉。”她说道。

“他一走进我的办公室,我就脸色发白;他一从我身旁经过,我就浑身战栗。他不在的日子里,我感觉到无尽的沮丧。相反,当我一大早得知他将在办公室度过一天的消息,我就充满活力。我总是花上几个小时躺在床上想他。另外,我很快就无法和我的情人们继续那种淡而无味的关系了。

“魁梧的身材,金色的头发,优雅的风度,匀称的五官……编辑部的女人们都感受到了他的魅力,他的每一次出现都让我们心醉神迷。我肯定是所有人中最痴迷的那一个,但是我试图表现得若无其事。我晚上从来不在他之前离开,这也是因为跟我所有的同事都不同,没有人在等我。

“我希望他在某天晚上邀请我共进晚餐,从一早开始,我就怀揣着这份希望。我们都知道他单身,总之,正式来说是这样的。而且,从未有女人露过面,这给所有人的幻想留下了自由发挥的空间。

“在一个圣诞节的晚上,他出人意料地邀请了我。我们在那天下午喝了些香槟庆祝节日,每个人都准备尽早离开编辑部。我讨厌这个节日,它残酷地提醒了我身为孤家寡人的孤独。我闷闷不乐,我开始厌倦爱情的贫瘠。几个礼拜以来,我第一次没有在早晨对着镜子做任何特别的打扮。我已经担心自己要在晚上回到这个空无一人的房间。因为我不想让别人发现我的孤独,我便谎称要在接下来的两天去外省探望家人。

“当他对我说话时,几乎所有人都已经离开了。我刚刚收拾好下午茶的玻璃杯。‘您过圣诞节吗?’他微笑着问我。‘为什么不?’我生硬地回答他。‘但是我打赌您是犹太人,犹太人是不过圣诞节的,不是吗?我不觉得耶稣的诞辰对您来说有什么特别值得庆祝的。是我搞错了吗?’‘是我的名字让您这样认为的吗?’‘您的名字和您的脸。我的祖母和您一样是波兰人,您和照片上的她很像。她也是犹太人。您为什么说谎?今晚您有什么要做的吗?’他讥诮地问。‘我什么也不做,如果您想知道的话,就是什么也不做。’我一边回答,一边在架子上整理好最后

一个玻璃杯,‘您呢?’‘我也是。我的父母已经去世好几年了。’‘我的父母也是。’

“这份坦白瞬间拉近了我们的距离。

“于是,他邀请我去餐厅,几个小时之后,我们回到他的公寓。尽管我对事态的走向感到无比幸福,但是我仍记得我对第一个夜晚失望透顶,不管是技术上,还是感情上。他的爱抚像是例行公事,毫无激情。早晨醒来时,我惊讶于我身处之地的冰冷:白色的墙壁,一张床,一部电话,摊在扶手椅上的几张报纸。只有我落在地上的衣服给这个冷清的地方带来了一丝生活的气息。

“‘现在呢?’我睁开眼睛问他。‘现在怎样?’他回答道。‘去编辑部……’‘为什么去编辑部?’他停顿了片刻,像是在思索,‘什么也没有改变,如果这是你想说的,我从不把私人生活和工作混为一谈。你饿吗?’

“我们去他家楼下的餐厅吃了早餐,然后就分开了。除了他的职业生涯,我对他不甚了解。他也只是知道我是一个寡妇,一名孤儿,这让他对我的命运取笑了一番。

“第二天,我在编辑部再次见到了带着一贯冷漠的他。于是，我等待晚上，就像我惯常做的那样，等办公室的人走光了，好与他说话。‘你最近好吗？’我踌躇地询问他。我料想他会把我撵走。‘你这周末做什么？’他问我。那天刚刚星期三。‘我没什么打算。你有什么想法？’‘我们周六晚上一起吃饭？’我接受了这份邀请。他站起身来，语气轻佻地抛下一句：‘好，那我们周六见吧！祝你晚上愉快！’

“我像一个傻瓜一样愣在那儿，既为这份邀请感到欣喜，又因他的冷漠感到无措。我们奇怪的关系就这样开始了。我自以为陷入了爱情，可是随着时间的流逝，我不再像当初那般确信了。不管怎样，他给我留下了深刻的印象。

“我们总在周六晚上见面，有时候是在工作日的晚上，不过这种情况很少发生。

“第二天早上，他总是以这样或那样的方式提醒我，是时候让他一个人待着了。我知道他在写一本小说，但是他从未提过此事。此外，我们的交流也从不涉及私人话题。当然，我们会聊文学、政治和社会，但从不涉及我们的生活。几个月之后，我对他的了解并未随着时日增多——除了他的身体构造。他总是回避过于隐私的问题，而他对于我也没有表现出过多的好奇。”

"然后……"她的眼睛黯然下来,她低下了头,"然后我怀孕了……"

顷刻间,我有了这样的想法:就像她母亲一样。她仿佛能够读懂我的心思,继续说道:

"就像我的母亲一样,是的,但是我没有留下这个孩子。当我对他宣布我怀孕的消息时,他对我说他没有任何准备,而且他打算动身去伦敦,到一家名为'实至名归'的报社担任记者。我问他是否爱我,他回答我说,这是他第一次和一个女人保持这么久的关系,因此这说明了他对我存在着某种依恋,但是这份依恋还不足以让他有成家的念头。

"这极度的冷漠令我作呕,我憎恶他,也憎恶我们的爱情,憎恶我怀着的孩子。他却对我该如何管理自己的职业生涯进行了一番说教。他对我说,我写的文章没有一丝趣味,我渊博的学识都浪费了之类的话。他说他会帮我接触到'真正的'新闻业,并以此结束了谈话,对我的状态只字不提。

"我记得我离开了他的住所,我在路上走了很久,很久。我知道我的内心深处并不想要这个孩子,尤其是我无论如何也不愿意看到我母亲曾经的经历再次上演。我觉得我的生活有太多的事与愿违。我无法理解相继发生的事情的意义，无法理解这段在三言两语间就化为乌有的爱情。

“在接下来的几天，我找到了一个‘天使制造者’。很好听的称呼，不是吗？代指那些从事令人难以启齿的工作的人。当时，我没有其他解决办法。她带走了我的孩子，随之而去的还有我生命中的一部分。

“而他则履行了诺言。他为我在一家日报谋到一个职位，我的工作是为新闻‘润色’，并且每个月以文学批评家的身份撰写几篇文章。他准确地运用了‘润色’一词。当他说出这个词时，我觉得他很卑鄙。同样地，他也‘润色’了我。此外，尽管他多次试图在周六晚上循例与我见面，但我无法再与他分享我的内心世界，我无法再与他分享什么了。

“在我离开杂志社之前的几个星期，他离职前往伦敦，当时我甚至没有向他道别。我从他的办公室前经过，却没有回头，我听到了香槟酒的瓶塞‘砰’的一声开了，让我想起了他曾邀请我共度晚餐的那个圣诞节的夜晚。然而，他第一次叫住了我。他喊着我的名字，走出了办公室。我想象着同事们目瞪口呆的面孔。在这声呼唤前，他们从未察觉到什么，而这声有些哀戚的呼唤,泄露了另一种关系。

“但是我没有回头。

“在接受了这家日报的新工作之后,我决心不再将工作与感情混在一起。然后,因为我的工资翻了一番,我搬了家。就在这里,在这座岛上的德彭街,我找到了一间配备家具的两居室。我原以为这份奢侈能够让我忘记这几个月发生的事,然而,我记得自己满腹忧伤地搬入了新居。我试着高兴起来——新家漂亮极了——但是我无法做到。

“您看,我相信我曾经的状态与您如今的十分类似,这就是我能够如此理解您的原因。”

在这段漫长的叙述中,我一言不发地倾听着,我觉得我与她之间的距离一下子拉近了。随着她的讲述,她的脸庞让我觉得亲切起来;随着她的娓娓道来,她的脸庞历经了岁月。然而,我不是十分明白,她的爱情经历如何给予了她一种特殊的知识。她停顿了下来,我思忖着故事是不是就这样结束了。我不想看手表,以免失礼,更重要的是,我期待着故事的后续,不管是什么样的后续。说实话,我对她的叙述有些失望。

我不愿向她表明自己该走了。然后,顷刻间,我下定决心,她讲述多久,我就在她对面待多久。

“然后,一切就在那里开始了。”她浅笑着说。

她用那双蓝色的眼睛注视着我,其中的光芒变得不一样了。在她讲述的时候,我感觉它们暗淡了下来,这段叙述似乎也让她有些疲倦。

“是的,”她继续说道,“在那天之前,我不知道生活是什么,尽管我每天都在呼吸;我也不知道宇宙是什么,尽管我经常抬起眼睛望向星星。我演奏乐曲,却不明白何为音乐;我写作,我说话,却不懂得文字的意义。那一天,我苏醒了。”

7
那一天

然后，我认识了你，在这段灰暗岁月的晨曦中

"那一天照常开始了。刚刚在岛上安顿下来，我就养成了每天早晨来这里喝一杯咖啡再去工作的习惯。那时的布置相比现在稍显传统，但是吧台还是在老位置，就在那里。我总是坐在这里的木质脚凳上。我对您说过吗？我不记得了……我很喜欢我的新工作，我的才华得以施展。我得为更有资历的记者撰写新闻概述，但是，作为一名文学评论者，我还是保留着编辑的工作。因此，文学再次填满了我的生活，一段我曾觉得空洞的生活。那些年我可以联系的朋友只剩下两个，我偶尔会与

他们聊天。其实，我那不甚循规蹈矩的生活方式将我与一些圈子隔绝，尤其是那些极为观念老派的人物。

“为了排遣孤寂的生活，我曾想购买一架钢琴。但是，在商店里付钱时，我想起自己已经有一架了。我忘记了我的丈夫在我们结婚前夕送给我的礼物，那也是我愿意在他过世后唯一保留的礼物，我曾对他的父母明确表示过我会取回这架钢琴。然而，在长达几个月的销声匿迹后，我对于是否要联系他们有些犹豫不决。我知道我的问候对他们而言是沉痛的，对我而言也一样。

“但我最终还是妥协了，因为要是拒绝这唯一一份我曾接受他们留给我的财产，无疑会伤害到他们。我与他们简单通了电话，我察觉到他们的悲痛只会随着时间与日俱增，然后，钢琴在几天后被送了过来。打开钢琴时，我发现了一个信封，里面夹着一封信。我读了很多遍，不相信他们竟然会写出这样的话：‘这架摆在我们客厅里的钢琴就像你曾在我们儿子的生活中一样毫无意义。’

“这句话让我陷入了深深的不安。我明白，随着时间的流逝，他们所有的愤怒都集中到了我身上，这个唯一他们熟知的、曾与他们的儿子共同生活过的人。我是唯一能够为这场意外负责的人。我途经了他们的生活，却没有留下一丝痕迹，我什么都没留下，甚至连个孩子都没有。

“于是，我失去了一切，失去了所有人，除了这架象牙白的钢琴。我已经多年不弹钢琴了，我的手指不复灵活，尽管意识到这一点令我有些沮丧，不过再次聆听它的声音，我还是感到愉悦。我开始拿出从前学习弹钢琴的那股勤勉劲头来弹奏我的旧乐谱。

“搬入新公寓两到三个星期之后，我找到了一种逐渐排遣苦闷的生活节奏。早晨，我去咖啡馆，然后，我坐地铁去上班。晚上，我手臂下夹着本小说回家，某种意义上来说，这是我当天的任务。我吃晚餐，练习弹钢琴，我常常没有睡意，有时我会阅读到黎明时分。我借助困倦忍受着这些一成不变的时日。

“那天早晨和以往相比没有任何不同，无论是我沉郁的心情，还是热气腾腾的咖啡。那一天，我坐在相同的脚凳上。他选择在那一天出现了。

“他走了进来，头戴一顶奇怪的帽子，一种老式的浅褐色巴拿马草帽，遮住了他棕色的鬈发，就像小说中的一个人物，而冷眼旁观一切的我甚至并未对此感到诧异。他迈着坚定而活泼的步伐走进了咖啡馆,但是我没有看见他的容貌。我看见了他的双手,他的手孔武有力,具有男性特征,肤色暗沉。他的手搁在吧台之上,有着独一无二的美丽,指节分明,完美无瑕。他的双手等着拿起杯子,翻找着零钱,不动声色。他的双手诉说着一段故事,一段讲述他漫长人生的故事。我猜测它绚丽而动荡,就像他手上的筋脉,以一种特有的方式交错其上。他的双手透露了他的力量,但那洁白而光滑的掌心也反映了他的脆弱。既饱经风霜,又安之若素,他的双手已然倾诉了他的飘零与停歇……

“这一念头让我陷入了一种我至今仍无法描述的心慌意乱。我向来喜欢仔细观察我遇见的男人的双手,但他们手指和掌心的样子总是令我失望。连我自己都不知道我在寻找怎样的一双手,而如今它们就在那里,就在我面前移动,我感到一阵天旋地转。这样的双手是不可能存在于世的。我先是感觉到了一阵不适,我并没有马上把这种不适与这一发现联系起来,我瘫痪的意识隔绝了一切逻辑思维。我只感觉到自己的力气在随着时间流逝,几秒钟的时间里,我仿佛经历了几个小时。

我的血液仿佛涨潮时的海浪般在我的身体里翻涌。

“然后,我听到了他的声音,自信而低沉的声音,其中轻微的讥诮为他增添了几分优雅。他的双手、他的身影和他不时传递过来的声音仿佛电流般击中了我。这强大的吸引力令我感到震惊,我勉强试图在摇摇晃晃的脚凳上坐直身体。

“我已经不知道自己是如何装模作样地坐在那里喝咖啡的了。尽管这不自然的姿势令我浑身僵硬,我还是偷偷瞥了他一眼。他没有在看我,他压根就没有留意到我,我的目光却久久地停留在他棕色的鬈发上。他慢慢地转过头来,他的侧脸终于微微呈现了出来。只需一眼,我就记下了他的模样,这张脸似乎不可思议地同时带有男性和女性的特征。我低下了头,害怕晃得更厉害,因为我开始察觉,我此时的状态和这个陌生人有关。我看见自己的手指在吧台上哆嗦个不停,我冷掉的咖啡在杯子里原封未动。此刻,我只有一个愿望:他快点走吧,我内心的波动永远消失吧。终于,他离开了。当他从我身旁经过时,我垂下了眼睑,竭力驱散内心的慌乱。

“我记得自己瘫坐在那里,浑身战栗。很长一段时间,仿佛永无止境,我都无法动弹分毫。我不敢起身,害怕自己昏厥,失去意识。我说不出话，感到自己喉咙发干，我需要水。慢慢地，当我不再想他时，我胸膛里的心跳声平息下来。我的第一个想法是，一个人的到来是不可能引起这样的身体反应的，可能在这个男人的到来和我因疲劳而有些虚弱的身体状况之间产生了一种巧合，我该尽快去看医生。我结完账，如释重负地走出了咖啡馆，仿佛刚刚经历了一场劫难。

“但是，渐渐地，我僵滞的脑袋回想了一遍刚才发生的事。他很有可能是这个地方的熟客，他神情笃定地点了咖啡，他与人打了招呼，这既暗示了他曾来过这里，又说明他还会来这里。他是谁？棕色的鬈发在我面前跳动着，我试图去回想。帽子，头发上的帽子，头发垂在肩上，双手在浅褐色上衣的口袋里翻找零钱，声音低沉而清澈。他说了‘回头见’吗？我必须想起来。他说了这句话吗？沿着河畔漫步时，这个问题时刻在我脑海中盘旋：‘他说了这句话吗？’

“随着我试图重建这一时刻，这一画面，我的心重新悸动起来。我先是感到一股深深的疲倦，然后，心底涌上的一阵惊叹又使我扬起了嘴角。我必须再次见到他，我将会再次见到他。是他引起了我身心的震动，这不可能是巧合。究竟发生了什么？

“一整天我就在这一连串的疑问中度过了。我无法工作和写作，同事也令我感到难以忍受。

“我试着构思他的脸，我没有看见他的脸和他的眼睛，他的眼睛甚至没有和我的目光交错。我试着回想他的声音，我不愿忘记他的声音。为了不忘记他，我决定回家，重拾安静，我需要这份如同一块白色屏幕般的安静，从而完整地回放这一场景，或许也为了试着去理解这个场景。

“当我们茫然无措、失去理智时，我们的大脑总会试图去理解。我们想要去理解，想要找到一个逻辑、一种见解来制止灵魂的横冲直撞，制止我们遗忘的东西。在很长一段时间里，我都想要去理解，有时想得心急火燎。只有当我不再坚持时，一切才变得清晰。因为我们永远也无法理解本质的东西，只能理解一些微不足道的事。

“一回到家，我便可以专注于已经占据了我一整天时间的回忆游戏。接着，一个想法如同一个未必真实的发现一样冒了出来：如果他会再来，或许就是明天。这个想法盘旋在我的脑海中。他明天可能会再来，是的。他是一名熟客，他甚至可能每天都在那里？现在是9月，他或许正在过暑假，并自此恢复了早晨的习惯？他甚至可能住在岛上？第二个想法与第一个并列起来，再次令我心神不宁。

“您有没有意识到，我甚至从未见过他的脸和他的眼睛？看到他，是我最想做的事。我也想和他说话，想知道他是谁。

“我是如此迫不及待，以至于一夜未眠。我一本本地翻着小说，却没有记住一个句子。我试图弹一会儿钢琴，却发现天色已晚。我一次又一次地回到床上，试着缓和这种内心的强烈躁动。他明天肯定会在那里，我终将知道发生了什么。我不会重蹈覆辙的。毕竟，这只是一个普通的男人。我肯定是弄错了什么。明天，一切都会明朗起来。

“然后，破晓救赎般地出现了。困倦缓解了我内心的激动，否则我天一亮就准备好了。我习惯于八点半出发去咖啡馆。那天清晨，我提早了半个小时。

“越靠近咖啡馆的玻璃窗，我的心跳得越是厉害。”

“您再次见到他了吗？”我抱着和她那天同样忐忑的心情问道。

8

其他那些日子

希望只是一座悬崖，其后便是深渊

"不，那一天没有，接下来的几天也没有。但是第一次相遇留下的烙印并没有消失。从那天起，我就一直在等他。第二天，第三天，我都在等他。那天是星期五，所以我每个星期五都在等。就这样，不知道过了多少个星期五……您是否知晓这些时日对我来说是多么漫长，似乎无穷无尽，简直没有尽头。我希望是我搞错了。我只想再次见到他，哪怕只有一次。每天早晨，我怀抱着唯一的期望起床，洗漱，去咖啡馆，期望他在那里，期望这一切都停下来，期望我再次面对的是一个普通男人，他或许迷人，或许神秘，但是和其他男人没什么不同。

“我总是点上一杯咖啡，常常要续第二杯，然后我会离去。我去工作，写作，与旁人说笑，但是我时刻心系着这座岛。我经常试图让自己理智一点，我强迫自己理智下来。我想着，再次见到他的时候，这一切都会像一场噩梦或一段稍纵即逝的梦境一样消失。

“然后，在几个星期以后，他终于再次来到了咖啡馆。他进来时，我正背对着门口坐在脚凳上，但是我可以向您发誓，是的，向您发誓，一切重演了。血液从我的体内抽离，眩晕感再次袭来。我听到了身后的脚步声，我听到了他的声音。他坐到了吧台的另一端，我第一次完全看见了他的脸。他没有戴帽子，棕色的鬈发环绕着狮子般的五官，下颌蓄势待发，目光威严地扫视着周围，他的举止既风度翩翩又声势迅猛。岛上的一切再次摇晃起来。我的脚凳似乎在下沉，为了维持表面的平衡，我将目光固定在一个点上，首先固定在了如地平线一般的吧台尽头。然后，我的目光上移，锁定了他。他没有看我，他喝着咖啡，将头弯向咖啡杯，再重新伸直。当然，片刻之后，他的目光与我的目光交错，他必须这样做。我必须望向他那可能会扭转乾坤的目光。

“我可能会爱上一个呆滞的目光,一个怀疑的目光,一个心不在焉的目光,甚至是一个诱惑的目光。但是,那目光只是单纯地望向我,他那深邃的黑色双眸注视着我。更糟的是,这是漠不关心地打量着我的目光。他在吧台上放了两枚零钱后就再次离开了。

“他只在那里待了几分钟,但是,这令我望穿秋水的出场使我陷入了一种难以言说的意乱神迷。

“他的第二次出现不再留下任何怀疑的余地。悸动的感觉明显是一样的,尽管不如第一次那么强烈。当然,他很迷人,他五官的轮廓散发出一种不同寻常的力量,但是,他并不像那些迄今为止我曾喜欢过的人,而且,他的着装尽管剪裁得很好,但是实在是不成样子。他的确富有魅力,不过还不至于让我神魂颠倒。然而,他的出现让我置身一种令我无法理解的狂乱之中,而他的离去又让我陷入一种同样令我不解的不安。因为,只要他一走,问题便开始折磨我:我何时能再见到他？还要再等上好几个星期吗?

“每天早晨,我还是不由自主地等待。从八点半到九点的每一分钟，有时等得更久。我深陷等待之中，以至于经常迟到。我和自己的生活脱节了。”

这句话一直萦绕在我耳旁。也许她认为我会评判她，但我只是试图去想象她每天清晨都坐在那里，坐在几厘米开外的脚凳上。我试着去想象那种她意图习以为常的等待。

“您可能会这么想：要么是我的生活空虚而沉郁，要么是这份等待滋养了我的生活。从某种意义上来说，您是对的。但是，您认为我还有什么别的选择吗？因为他对我的吸引力是如此强烈，我无法将它与一见钟情或者任意一种爱情状态相提并论，它超越了一切。”

超越一切……有什么是超越一切的呢？我从未问过自己这个问题。在我遇见的几百个人之中，我总是看到千篇一律的剧情：或深或浅的爱情状态，稳定的关系，不对等的畸形恋爱……我曾遇到相爱的人和假装相爱的人。超越一切，我想说这并没什么大不了，只不过是为了慰藉自己的异想天开。

“总之，正如我对您所说，我陷入了等待之中。一周，两周，三周，他都没有再来。渐渐地，我几乎喜欢上了这种不疾不徐的等待。然后，我最终开始以此自娱。在接下来的几个月，我想说服自己,是我弄错了,即使我们很难完全骗过自己。但是,想到自己只是迷失在了这种费解的苦痛之中,还是让我宽慰了许多。10月,11月,12月……冬天仿佛春天般来临了。

“我通过报社结识了一些人,我恢复了社交生活,开始外出。书本变得越来越不那么重要了,钢琴也是。我有了两个新的单身朋友,她们住得离我不是很远,我们像少女一样在巴黎的咖啡馆和爵士俱乐部碰面。我安装了电话,渐渐地,来电不断。我有幸遇到了与我的生活相似的女人,虽然我们的谈话总是围绕着男人,但实际上,我们很满意这种自由而不受羁绊的生活。

“此外,一阵自由之风开始吹遍整个首都,那时是1968年,对于我这样的记者而言,每天都比前一天更有趣味。

“每天早晨,我还是会想那个不再出现的人,但是这缕思绪不再妨碍我的生活。然后,我在3月份遇见了一个男孩儿,当时我们正坐在咖啡馆的露天座位上,享受着热烈却又出奇温柔的春天。他年纪比我小,风趣幽默,朋友成群。我们的三人小组扩大了。在这几个月里,我慢慢忘记了过往人生的冷酷和遍布其中的种种痛苦。我发现酒精有着柔和的功效,而夜生活引起的疲倦让我处于一种极为舒适的异常状态。

“这份愉悦持续到了夏天，我们计划8月份一起去蔚蓝海岸。我的情人喜欢聚会，和他在一起我玩得很开心。我们在任何场所都会纵声大笑，这产生了极其强烈的爱情默契。

“然后，6月的一天早晨，当我正喝着咖啡时，他来了。他坐得离我不远，我再次心慌意乱，浑身战栗，并且惊诧于他的出现，因为我已经成功说服自己，之前的悸动只是我幻想的结果。我低下了头，我想离开，但是我的双腿无法支撑自己。于是，我凝聚了身体里仅存的力量：我得留下来，我得和他说话。我的喉咙发紧，发不出任何声音。幸运的是，一位顾客将报纸落在了吧台上，我的双眼得以找到依附，一动不动地紧盯在一页报纸上。他没有离开，他留在了那里，点了第二杯咖啡。人们不知不觉地都走了，但是他一直在那里，我也是。我没有动，我不敢移动分毫，我的心在胸膛里剧烈跳动，我几乎无法呼吸。

“然后，他第一次对我说话了。他说：‘您住在这附近吗？’

“我回答了一声‘是’，几乎微不可闻。力气，力气，我用身体里仅剩的力气吐出了这两个字：‘您呢？’‘是的，可以这么说，但我不常在家。’‘您是做什么的？’我接着问了一个大胆的问题。'我在地球的另一端工作,从事宝石行业。另外,我明天就要再次出发了。一般来说,我会在那里待上几个月。您呢?''我是记者。''我不喜欢记者。'他粗鲁地回答。他停顿了一会儿,接着说:'时候不早了,祝您度过愉快的一天。'

"他跃出了咖啡馆,像猫一样消失了。

"我愣在当场,这三言两语的接触令我既失望又受伤,狼狈不堪。我等待了几个月,却等来这段几乎令人讨厌的对话。我坐在脚凳上,试图在走出咖啡馆之前找回一些力气。然后,在沿着洒满阳光的大桥走向地铁站时,几滴泪珠坠落在我的脸颊上。我觉得自己愚蠢至极,可悲至极。这个男人看上去粗野而傲慢。比起逗留在吧台上等待他,我应该做一些更有意义的事情。我沉浸在自己的思绪中,忘了走下地铁站,而是继续往前漫步,一直走到了大剧院,那里离我的报社很近。已经很晚了,再晚一些也没什么大不了的。

"而且,我的脚步越来越坚决。我心想,不要再为了这种蠢事而迟到才是明智之举。我为如此浪费自己的时间感到懊悔,也对过去的自己愈发生气。我的人生曾遭遇不幸,而现在,我终于快乐了起来。我不会再异想天开,我像念咒语一样一次次

地重复着:‘我已把他当作普通人了!’

“而且,假期临近,一想到即将跟我的朋友和情人出游,我就满心欢喜。和他在一起时我总是开心不已,我在他身上发现了越来越多的优点,他天生的好脾气以惊人的方式加深了我对他的喜爱。我们之间五岁的年龄差距几乎微不可察,尽管他不是一个学识渊博的人,但是他的体贴和开放的思想却使他成为一名令人愉悦的伴侣。

“我继续走着,带着我飞速旋转的思绪疾步走在柏油马路上。

“突然,一阵强烈的疼痛侵袭了我的左胸,就像一记拳头击中了那里。我的两只膝盖接连触地,身体不期的痛苦击垮了我。我一开始以为自己得了心脏病,以为我快死了。那一瞬间……那一瞬间……”

她仿佛喘息般说着这句话。我相信她当时很痛,就像她多年前曾经历的那样。她的脸有些扭曲,她的双眼再次变得暗淡。

“那一瞬间我就知道,我必须在离开人世前再次见到他。我现在不能死,这仅有的一次交流让我没能了解他。”

9
终于

仿佛一缕微风，一阵呼吸
终于，你来了

这个地方随着她的叙述穿越了多年岁月，侍应生摆好了桌子准备供应午餐，避开了我们这一角。除了几杯水，我们什么也没有点。没有人前来打扰角落的我们。她送给我一份源自她人生的巨大礼物，在这一刻，她不再年迈。我无法将视线从她的双眼上移开。我好像一直都认识她，她的脸庞自此变得更加亲切。我不敢说话，不敢打断她或者搅扰到她……这是一种亵渎。我相信她明白了这一点，因为她的脸庞柔和了一些。她

接着说道:

“充斥着聚会和酒精的夏天过去了。夏天里,我将皮肤晒得黝黑,我穿上轻薄的小裙子,有需要时就褪去它。我的情人充满了柔情,我乐在其中。在周围人的眼里,我们俨然已经是一对儿了。一开始,这一想法令我感到宽慰,后来却越发令我感到不适,然而,我不愿打破将我们联系在一起的和谐。而且,我也没有任何正当理由这么做。尤其因为,我再也不愿胡思乱想,也不愿折磨自己,我动用了全部的意志力。当然,有时我的思绪会溜到岛上去,但是我竭力听从于理智,因为一想到他,几分绝望的情绪就刺痛着我。夏天就这样在海岸和别处逝去了。然后,到了8月底,我们该回去恢复日常了。

“在接连共度了几个夜晚之后,原本住在单间公寓的我的情人,在我们旅行回来时拿着行李直接来了我家。‘我可以让它在这儿休息一会儿。’他在我关门时提议道。我没有回答,我没有想过这个问题,更确切地说,我宁愿没有这个问题。

“第二天早晨,在度过了极有分寸的一晚之后,我迅速地准备出门。当我走下楼梯时,他向我招呼道:‘等一下,我和你一起去。我们去喝一杯咖啡吧!’

“这句话瞬间让我的动作停了下来。‘不行，’我回答道，‘今天早上不行。’‘行了，等我一下，’他继续说，‘你跟我说过，你每天都去这附近喝一杯咖啡的。行了，来吧！’

“他拉住了我的手。‘你去的是河岸转角处那一家，是吧？’他边说边往前走，我别无选择，只好跟着他。

“在吧台旁刚坐下，我就试着让自己放松下来，但是这对我来说是不可能的。因为我再次来到了这个引诱着我同时又令我畏惧的地方，因为我害怕看到他，因为我不愿同他相见时让他看到我身旁有男人。

“情人对我诉说着他将来的打算，他的销售计划，因为他是一名灯具销售员，而我一边慢慢地喝着咖啡，一边打量着他。我试着专注于他那无关紧要的话语、他兀自乐在其中的小玩笑和让我有些心不在焉的滔滔不绝。

“我越是打量他，目光越是忍不住停留在他没熨好的短袖衬衫上，停留在他裸露着的细小手臂上。我的目光下移到了他的裤子和旧鞋子上，然后又上移到了他瘦弱的上半身，最终停留在他的脸上，以及他栗色的短发、窄小的鼻梁，还有他那近乎突兀的眼睛上。

“咖啡杯慢慢见底,在我看来,除了几次大笑和几个夜晚之外,我们显然没什么好分享的了。我对他的喜爱以及对他幽默的欣赏都枯竭了。

“吧台的侍应生显然认识我,面露会心的微笑。这是他第一次看到我与他人做伴,可我无法忍受他错误的认知。我该走了,刻不容缓。于是,我没有像往常那样驻留,我结了两杯咖啡的账,匆匆走了出去。他跟在我身后。‘恢复工作状态可真不容易啊,对吗？今晚见,亲爱的!’他边说边试图吻我。

“我后退一步,看着他,为即将说出的话感到抱歉,但是我一刻也无法再与他亲近。‘不,今晚不行,我宁愿……嗯……我希望你搬走,我希望你从我家搬走。’

“他凝视着我,愣在那里,但是,他还想说些什么。我没有给他多余的机会。那一刻是如此令人难受,我只想速战速决。思索之后,我给了他我的钥匙,让他取回行李。我让他把我的钥匙放在信箱里,我对他说我没什么好说的了,然后便离开了。我头也不回地穿过了大桥。我再也没有见过他。

“接下来的几天,我突然对我的社交关系和我们群体对话的乏味感到厌倦。秋天仿佛冬天一样来临了,我不再经常出门。我让自己投身工作。我得到了一次晋升,除了进行文学评论,我还接到了撰写社会新闻稿的任务。我继续每天早晨来这里喝咖啡,不抱太大希望地等待着他,甚至不知道自己为什么要这样做。我有时会想象着他在地球的另一端,在丛林里或沙滩上,我的思绪随后便飘向了别处。

“几个月的时间过去了,新年过得尤为阴郁。我的两个朋友依然喜欢我,我们偶尔在晚上相聚,大多数时候都在我家,可我总是有些心不在焉。

“1969年3月初,当我喝完两杯咖啡从这里走出去时,我看见了他在桥上的身影。他穿着黑色的衣服,仿佛飘浮在清晨的薄雾中。我点燃一支烟专注地思考一些东西,片刻,他已经来到了我面前。‘早上好。’他神情狡黠地说道。

“我快速而冷漠地回答了一句‘早上好’,试图尽快溜走。我已经感觉到眩晕的征兆,而且没有任何座椅支撑我,我可不要不合时宜地摔倒在马路上。‘您准备走了吗?’他继续说。‘对。’我半闭着双眼回答道,因为那时我心乱如麻。‘走路吗?’‘我不知道,是的。’我气若游丝地回答。‘我可以和您一起吗?’

“我无法给出回答。我双目无神地看着他,仿佛他从梦中

走了出来。‘我想您，’他说，‘我在另一个岛上，但是我想您。’

“他用深沉的嗓音坦然地说出了这些话。他低沉的声音在我的灵魂深处回荡。

“于是我开始往前走，他跟着我来到桥上。我也是，我如此想他。他知道，我从他的眼睛里看出来了，他知道。是的，您可能会觉得荒诞，但是事实就是如此。

“我们结伴而行。那股从情感与肉体贯穿我的浪潮没有平息，却没有使我跌倒，而是不停地将我推向他。他简洁地介绍了一些宝石以及他在那头的工作。他也同我谈论了戏剧和一些集中了所有人类行为特征的古代人物，他一一向我描述着。我时而评论一二，时而一言不发地倾听。我们偶尔沉默几分钟，然后，他会继续谈论。我们从里沃利大街一直走到协和广场，在拱廊下面，他邀请我喝一杯咖啡。

“我第一次坐在他的身旁，尽管很冷，我们还是选择了露天而坐。当我轻轻触碰到他时，我感到一阵短促的电流贯穿了我的身体。但是我已经处于如此反常的状态，以至于我几乎没有察觉。咖啡被端上桌，我们安静地喝着。‘您今天要做些什么？’他浅笑着问我。‘我要写一些您永远不会看的东西。’我用同样的语气回答他。‘您迟到了吗?’‘是的,但是没关系。’我几乎迟到两年了,我想。

“‘您该去工作了,我也是。’

“我站了起来,面对面地看着他。此次分离令我感到心碎。我希望他说点什么,他发出邀约,或者记下我的电话号码。但是几秒钟过去了,他什么也没有做。‘回头见。’他说。我言不由衷地答复了同样的话。我从拱廊下离开,然后,我身不由己地转过了身。

“他黑色的双眸凝视着我。于是,我露出一丝微笑,他却没有做出回应。他的目光是如此深邃,一阵极致的战栗再次掠过我的身体。

“这次交流完全搅乱了我的内心,以至于当天晚上我就病倒了。尽管发着高烧,我的思绪却无时无刻不在回想着在他身旁度过的时刻。整整三天,我都无法起身,我为无法重拾早晨的习惯而懊恼,想象着他徒劳地等待着我,这让我的病更严重了。但是第四天,他并不在那里。接下来的一个礼拜也不在。

“第三个星期,我的失望转变成了绝望。我沦落到日夜祈祷他出现的地步,却也意识到祈祷是多么荒谬。他不愿保持联络。他任由我离开了。

“而且，他没有任何引诱我的意图。我们的交流，对我而言是如此美妙，对他来说可能只是一场与一个女记者的平常对话。这些想法使我陷入无尽的悲伤。那个星期五的早晨离开咖啡馆时，内心的痛苦几乎令我不堪重负。

“我徒然地放缓前往大桥的脚步，他没有来见我。”

10

呼唤

有的倾盖如故，有的白首如新

“4月里的一个阴雨绵绵的星期六，一个忧伤的星期六，我比往常起得稍晚了一些，我准备了几杯咖啡，从客厅晃到厨房，再从厨房晃回客厅。当天下午，我和一个男人有个约会，我其中一个朋友在几个月前将他介绍给了我。他邀请我共进了几次晚餐，我们接过一次吻，初步奠定了这段平平淡淡的关系，我不置可否地接受了他。他想要我，在那一刻，这于我就已足够了。但是在这阴雨绵绵的一天，我无法再用这个理由说服自己，我实在不知道自己为什么得赶赴这场约会。

“临近中午，我不情不愿地换了衣服。我费力地穿上了一件蓝色套头衫，戴上了一条沉重的项链。一切对我来说也如项链一般沉重，我胸膛里的心早已沉重得让我喘不过气，每一次呼吸都是受罪。做这些准备工作时，我不得不中途坐下好几次，因为，我似乎无法承受住内心的悲伤所引发的疲惫。每次坐下来，我便开始审视自己的人生，这段于我而言如此漫长又如此了无生趣的人生。我回想着那些我曾交往过的人，我并不曾真的爱过他们，包括近来这个情人，他像是为我本已暗淡的生活画布涂上了最后一抹灰色。

“我最终还是出了门，时刻提醒自己在傍晚时分还有一场约会。我知道，再在公寓里多待一小时，我就很有可能在里面磨蹭到第二天。我来到了大街上，天气很冷，我独自前行。我穿了一件灰色的皮外套，但是配上套头衫，整体显得不甚协调，而我本身就处于一团乱麻之中。

“我本能地走到了这里，客人们结束了午餐，我从未在周末来过这里。我在吧台点了一杯咖啡，再次期盼着他的到来，尽管我不相信他真的会来。我站在那里，觉得自己可能在这荒诞的等待中迷失了心智。那一天，我只渴望一件事：见到他。我想大声喊出来,因为这个愿望深刻而强烈。我待了几分钟,喝完了杯子里的东西。我觉得自己很可笑,尽管只有我一人知道我为何出现在这里。在这短短的几分钟里,我已经充分意识到了内心驱使着我的绝望,然后,我走了出去。

“在走向约会地点所在的左岸时,我不禁泪流满面。大雨也倾盆而下,泪水和雨水混合,淌过我的脸颊。我剧烈地哽咽起来,几乎站立不稳,不得不躲到一个门廊后面避雨。痛苦席卷了我,我倒在门厅的瓷砖墙壁上,将自己的悲伤、疲惫和对于此次约会的厌倦悉数发泄在这栋陌生的大楼里。为什么我会如此痛苦?为什么我的人生如此艰难?我造了什么孽,才会如此命途多舛?最荒谬的是,为什么我会陷入这段愚蠢的等待?我不堪重负,即便是抽泣也不足以慰藉我。我不知道自己在这个门廊的墙角处喘息了多久,我一个人也没有碰到。

“当眼泪流尽,愤怒随即浮现。一种微妙的愤懑稍稍掩盖了我的悲伤,使得街道更阴暗了几分。雨停了。

“我得继续前行,我得赶赴这场约会,我还得努力活着。沉浸在思绪中的我在第5区的街道上迷路了,又辗转到了第6区,然后,我原路折回,朝着相反的方向走去。

“当我穿过拉斯帕伊大道的时候，当他出现在我面前的时候，已经接近下午四点了。他不知从哪儿冒了出来，仍然穿着一身黑衣。他惊愕地望着我，但我比他更加愕然。‘你在那里做什么？’他用一种我们之间从未有过的熟络语气问道。

“您知道我是怎么回答他的吗？”她问我，眼神几乎带着几分得意。

“‘我在岛上等你，因为你不在那儿，我就来找你了。’

“他甚至没有因这一回答而面露惊奇，他向我提议去街角的餐厅喝一杯咖啡。

“从这一秒开始，时间不复存在。他的出现和我的祈祷成真让我有些回不过神来。我们面对面坐了下来，他点了两杯咖啡。他黑色的双眸注视着我，他的神情似乎有些不安，然后，一切都消失在他的笑容和厚唇里。‘你知道吗？不到一个小时之前，我还是一位国王！’他向我解释了他逗留巴黎期间所上的戏剧课。‘为了一个不能言明的理由。’他补充道。

“他问了我无数关于我写的文章和我的灵感来源的问题。我问了他关于石头的问题。我问他我可能属于哪一种石头。

“‘你是一块未经雕琢的石头。’他回答道。我没有领悟到这句话的深层意思。

“如果说他的出现和他的消失都让我陷入了无法描述的煎熬,那么我们共度的时刻则令我感到明显的无所适从。我最终待在了我应该在的地方,陪伴着我应该相伴的人。一种美妙的芬芳浮动在我们的动作与话语中。暴雨平息了,河水安静了,而他体内的每一个细胞都在吸引着我靠近他。

“有一瞬间,我想起了在不远处等待着我的约会,但是,我将这个多余的念头迅速地从脑海中踢了出去。

“他提议我去参观他的公寓,‘因为它离这儿只有两步路’。我接受了他的邀请,如同接受他给予我的一份礼物或一个奖励,他的邀请或许只是因为我对他别无所求的缘故。探索他生活、睡觉和醒来的地方在我看来简直不可思议。

“我跟着他走了几步路。他在一个巨大的暗红色门廊前停了下来,说道:‘就在这里。’他走了进去。

“我们乘上了这座中产阶级大楼的电梯,电梯停在了第四层,面前出现了一扇深红色的双层大门。

“他打开大门时,我恍惚有种故地重游的感觉。我熟悉那空旷的客厅、老式的沙发和旧椅子、巨大的办公桌、留声机、地上的书、一排空无一人的房间、一条长长的走廊通向一间几乎同样空荡荡的厨房,而他的房间就在厨房的对面。我知道房间和家具所在的位置。是的,我本能地了解他的公寓。当时间不再是时间本身,另一个维度浮现了出来……

“我在沙发上占据了一席之地,上面放着一个占卜游戏。他说他本来想在旧货商那里寻找另一种年代久远的占卜游戏,但是没有找到,于是就只好买了这一个。‘你知道怎么预测未来吗?’‘知道。’我毫不犹豫地回答。答案理所当然地从我嘴里蹦了出来,可我却从未试图预测自己的未来,我手上甚至都没有这样的游戏纸牌。

“我洗了牌,一张张反复取舍之后,选择了十张。

“我记得这些纸牌和它们诉说的故事。一个棕发男子与一个金发女子结合了,随后,我将他们的结局解读为:死亡迫使他们骤然分离。

“这个念头吓到了我,我急忙重新洗了牌。

“‘纸牌说了什么?’他问我。‘没什么新意。’我回答道。

“我们不停地打量对方,注视对方,但是,因为羞赧,我经常低下眼睛。我从他的瞳孔中看到了惊奇,而非欲望。我们说的每一个字似乎都有深重的含义与后果,他措辞的优美以及我对他说的话都令我心绪不宁。

“他对我讲述了我不甚了解的希腊,他支持我表示反对意见,而我却并未明白他话中的意思。他谈起了他曾经在船上和旅途中度过的生活,谈起了最终降临的好运。他45岁了。

“他问了我一些问题,关于我的人生,我的父亲。他猜到了我缺失父爱以及我的丧偶。

“然后,他问我是不是饿了。为了继续这一时刻,我做出了肯定的回答。

“‘我在巴黎从不出门,该去哪里呢?’他孩童般天真地问道。‘我不知道……我知道一家靠近巴士底狱的餐厅,但是我不喜欢那里晃眼的灯光。’我回答道。‘我想起来了,跟我来。’

“老旧的电梯迟迟不上来,我们便走了楼梯。一来到街上,他便伸手拦了辆出租车,我们笑着冲了进去,我也不知道为什么。

“我们再次交谈起来。我们的思想都从彼此的话语与观点中获得了充实,他的思想和智慧令我赞叹。但更奇怪的是,我感觉自己的思想在他的每一句话中获得了觉醒。我发现自己拥有一种从未显露出来的对答如流和探讨哲理的才能，连我都为自己中肯和深刻的应答而感到震惊。我从未感觉自己的才思如此明智而敏捷。随着时间的流逝，魔法也愈发有效。他瞬间就能理解我在说什么，而我也轻而易举、自然而然地理解了他，这是一种不可言喻的幸福。从人行道上石头的布局，到帕斯卡的思想，我们本能地理解了一切。

“我们来到了餐厅。在半明半暗的光线中，我们并肩用餐。

“一位老人手捧一束白色玫瑰花经过。他向他买了一株送给了我。我一直保留着它。‘我把我的电话号码给你。’他说着拿出了一支羽毛笔。

“他递给我一张小纸片，我撕下空白的部分，写下自己的号码，递给了他。

“‘你像一位恋人一样看着我。’他对我说。‘你希望我怎么看你？’‘就像这样。’

“他俯身亲吻了我，他的嘴唇蜻蜓点水般触碰了我的嘴唇，这转瞬即逝却如此强烈的亲昵令我感到头晕目眩，然后，我们站了起来。”

她脸上的皱纹变得模糊。她明亮双眼中的光芒比她的话语更为生动地诉说了这个夜晚。

11
为可能歌唱

迷失的灵魂
另一半的灵魂
我呼唤着的灵魂

“我们在夜色中走着，我不敢再说话了。他走在我的身侧，我手上拿着白玫瑰就像证明他确切存在的证据。他说：‘月亮是残缺的，这是个好兆头。’我没有回答。我每走一步都屏着呼吸，他的每一次呼吸都使我的内心翻腾。我们向前走着，他跟在我身后，他跟着我回家。我只期盼一件事，那就是他一直跟在我身后，我能够感觉到他，触碰他，他不是一个梦。我生怕自己的一个目光、一句话就会让他逃走……我一声不吭地走着。最终,他在那里,他还在那里。

“我推开楼下的大门,我们走上楼梯,我打开了家门。他在我身后,他进来了。我没有开灯,在黑暗之中,我感觉到他的手抚上我的小腹,他的气息喷在我的脖子上。

“然后,他脱下了他沉重的黑马靴。他俯下一头鬈发的脑袋,凝视着我,随后一言不发地走向浴室。水流开始淅淅沥沥地往下淋,我想象着他脱着衣服,目光轻轻掠过我的瓶瓶罐罐和香水瓶。一想到他的眼睛此刻正看着我每天早晨看着的地方,我便如坠云端。我想象着他的目光停留在瓶身的标签上,在热水下闭上眼睛,身体赤裸地站在我裸露着身体每天站的地方……

“我幸福得无所适从。然后我去了自己的房间,我打开床头灯,也脱掉了衣服。我钻进被子,倾听着一侧的水流声。我想:这是真的吗?这是现实吗?他在那里吗?水停了,他腰间围着一条毛巾,走了出来。他关了灯,我们置身黑暗之中。

“我感觉他走到床边,他来到我身旁,抱住了我。终于,终于,我可以将手指伸进他棕色的鬈发里,我可以深深地感受他的气息，触摸他抚摸着我的手，亲吻他的脸，他的眼。同时，他也抚摸着我的金发，与我十指相扣。我感受着他的嘴唇覆在我的嘴唇上，感受着他的舌头，还有他在我脖颈间的呼吸。他的味道是如此熟悉，如此强烈，他的身体就像一把琴弓，我的身体就是琴弦，我们共奏着最美妙的乐章。我的手指一次次地穿过他的头发。我轻嗅着他的胸膛，感受他爱抚着我的手，寻找它们，找到它们，亲吻它们。他的吻落在我的胸脯和耻骨上。然后，我们的身体变成了相互纠缠的漂浮物。愉悦感从灵魂深处迸发而出，接着被一种无法描述的欢喜和一种从未体验过的轻盈所代替。我感觉自己漂浮在床单上，身体已经不复存在。我们不是在做爱，我们就是爱。整个晚上，我们一次次地陶醉于无上的快乐中，一夜无眠。

“您不明白，是吗？”

我屏息凝神地倾听着她说的每一句话。我想象着她更年轻、更窈窕的倩影，脑海中只剩下两具赤裸的身体，可她却转移了话题。

“那个夜晚是我度过的最美妙的夜晚。我将灵魂交付于他，我所有的爱意都凝聚在指尖。那天晚上他得到的不是我的身体，您明白吗？是我的灵魂，尽管它早就已经属于他了……您从未用灵魂去爱过，是吗？”

我不知怎么回答，此刻的沉默表明了我的否认。我曾经爱过我的丈夫，至少我是这么认为的。我对她说了这一点。

“您这样认为吗？”她微微一笑，“我们现在谈论的不是这个。您做爱是为了寻找快乐，是吗？肉体上的快乐。而如果有人给予您这种快乐，您就会对他产生某种感觉，我有没有说错？”

她没有说错。

“您所寻觅的这种欢愉不能满足您，因为您的灵魂并不能在这种结合中得到快乐，它没有受到鼓舞。这种欢愉只不过是一个诱饵，永远也无法令您得到满足。您可以随心所欲地更换情人，但是，您永远也无法摆脱内心可怕的空虚和孤独。正是这孤独驱使您依偎在他人的肩头，然后，说服自己相信这段虚无缥缈的感情。但是，您对此心知肚明，不是吗？”

我抿唇不语，但是，我的确知道。随着她的娓娓道来，我愈发能够看清存在于我内心深处的空虚，如此鲜明的空虚，其实自始至终它都在那里，只是或多或少地被我曾竭力相信的美梦掩盖了。

“我说这些不是为了责难您。相信我,我也曾经历过这种空虚,不管是从前,还是此后。我只是希望有一天,您能够用灵魂做爱。这是一种最美丽的舞蹈,是一种令身体不复存在的神圣结合。”

我垂下了眼睛。然后呢?我想知道!然后呢?

“我们天亮才睡下,可能睡了有一小时。突然,我早早地醒了。我生怕他走了,但是他好好地睡在我身旁。我起身煮了些咖啡。我喝了一杯,又喝了第二杯,然后点了支烟。我的思绪还未能消化这些事件、这种情感和激情。我坐在厨房里,觉得这一切太不可思议了。如果我对面的过道里没有他的靴子,我不会相信这又一个天明时分会有他的相伴。但是,那双黑靴子就在我面前,确切证明了刚刚结束的夜晚是真实存在的。

“我听见他在房间里起身穿裤子的声音,然后他半裸地出现在我面前。‘你好吗?’他问我,不待我回答,他又说道,‘我不会离开的。’

“他怎么会知道?他怎么会明白我心里所有翻涌的思绪?

“我建议他喝一杯咖啡,他欣然接受了。然后,他走过来抱住了我。

“来到客厅，他驻足在我的书旁，一本一本地仔细研究起来。令我大感意外的是，这些书他几乎都看过。我们谈论着这些作品，他让我简单总结一下那些他没看过的书。这次探讨令我欣喜若狂，因为我从未想过有一天能够如此亲密地与人分享阅读心得。

“他停留在我的钢琴旁，断定我精通乐理。他对我做这一评价时，我打量着他，明白他也是同道中人。

“然后他提议去河边走走。

“我们在这个灰蒙蒙的星期天漫步了很久，在几家咖啡馆里休息片刻之后，我们又神清气爽地重新出发。我们相谈甚欢，我们的交流是如此丰富，富有魔力。我们滔滔不绝地交谈着，一位路人、一座建筑、一条街道都能令我们沉浸在无止境的讨论之中。我生平第一次不再感到孤单，有一个人与我心意相通。与他分享一切的感觉是如此美妙、奇异和新鲜，我几乎陶醉其中。

“然后，午餐时间到了。我们止步于圣日耳曼德佩教堂后面的一家小餐馆前。一坐下来，一种沉重的氛围便包围了我们。侍应生像时钟的指针一样在餐厅里以我们为轴心打转。他深深地凝视着我。‘昨晚真美好……’我气若游丝地说道。‘是的，’他忧郁地回答，‘是的。现在会发生什么？’‘我们可以再次见面……或者不见……’我深信自己已经在过去的几个小时里收获了一份大礼，不敢再奢望其他。

“‘其实，可能性有很多种。’他停顿了片刻，‘但是我们会再见面的，不是吗？’‘是的。’‘是的，那么，什么时候？’他问道。‘下个星期六？’我脱口而出，被自己吓了一跳。

“但是，我意识到我的脑中一团乱麻，接下来没有他的日子似乎不足以让我消化所有内心的情绪。

“他同意了，并表示他会给我打电话确定下次约会的地点，然后他向我解释，他得赶往巴黎的另一头与一个乐队演奏爵士乐，我们该走了。

“在奥德翁车站等待出租车时，他拥我入怀，亲吻我。景色在我周围飞速旋转，一切都像虚化的图画般融为一体。灰色的屋顶与黑色的柏油马路、蓝色的鸽子翅膀以及停在信号灯前的红色车辆融为一体。我感觉快要昏厥了，于是我闭上眼睛，我的心脏以从未有过的节奏激烈地跳动着。

“当我重新睁开眼睛时，他神情惊奇地注视着我。

“我们坐上了一辆刚刚停在我们面前的出租车，他想要送我回家。

“我们不再说话。即将到来的分离已然令我陷入难言的苦痛。车子停下时，他搂住我的脖子，嘴唇紧贴我的耳朵。他用比平时更低沉的声音，喁喁低语着由陌生的语言构成的话语，他的音调让我想起了一种古老的方言。他仿佛在按照特定的顺序背诵着一段咒语。我已经想不起他具体说了什么，但是这些话语依然在我内心回荡。

“我下了出租车，我们的目光交错，然后，他走了。

“我回到家时已经下午四点了。我刚刚度过了人生中最不可思议、最不同寻常的二十四小时。在沙发上，我发现了他昨晚进门时脱下的浅色巴拿马草帽。

“我拿起帽子倒在沙发上。这顶帽子还带着他的气息，我闻着上面的味道，终于可以将所有隐忍的情绪悉数释放出来。

“在接下来的两个小时里，我手里拿着帽子，尽情哭泣。我为遇见朝思暮想的那个人而喜悦，而哭泣，我之前甚至不敢相信他的存在。我为两个生命的相遇、重逢和结合的美妙而哭泣。我为自己辨认出这个独一无二而又神圣的生命的智慧而哭泣。我为自己的情感、人生和命运的力量而哭泣。

“但是,我同样哭泣着问自己最后一个问题,一个令我心如刀割、痛不欲生的问题,一个需要我用尽一生来回答的问题:‘之后会发生什么呢?’”

12

约会

雨中的脚步
来来回回
永不停歇

“那天晚上我几乎没有睡觉，醒来时，我的大脑与昨夜一样混乱。我感觉世界变得不再一样，我对每件事的看法都改变了。我对物品、光线、声音和他人都变得极端敏感。一切都是如此美好，一切都令我感到惊叹。

“我的心脏规律地在胸膛里跳动着。我前往咖啡馆，心里知道他不会在那里，但是这一直是我靠近他的方式。尽管发生了这些事,我依然保留了这个习惯。然而,我却很难将长达几个月的等待与刚刚逝去的时光联系在一起。坐在我的老位子上,我无法相信那个不可思议的陌生人已然不复存在,他分享了我的内心世界,而我也分享了他的,或者不止于此。

“那一天,我无法工作,接下来的几天也是如此。我的脑海中只有他,他一直盘桓在我的脑海中。我甚至连话都不愿说,因为,每说一句话都会让我从思绪中抽离。我的思想启迪着我的灵魂,一切都变得清晰了:世界,人性,众人之中的我,将我们合为一体的爱情以及爱情本身。

“这是第一道缺口,一道微不可察的缺口,却照进了一束明亮的光芒……我稍后会向您解释的。

“两天后,担忧占据了我的内心。从星期三起,我便开始等他的电话。我匆匆下班回家,上班的时候,我什么也没做,只是呆呆地望着天花板或墙壁,守在电话旁边。整个周三晚上,我都在守着一个不曾响起的电话。第二天,担忧变成了焦虑,以至于我呆滞的眼神引起了主编的注意。他把我召到办公室。我不得不谎称我刚做了体检,我怀疑自己得了严重的疾病,为此我心慌意乱。我没费多大力气就说服了他,因为在某种程度上，我觉得自己确实病得不轻。这个谎言让我得到了短暂的休息。

“我下午早早离开编辑部回了家。我希望在路上看到他，或者偶遇他。每过一分钟都是对我的凌迟。当电话在傍晚时分响起时，我激动地接起来，却听到了一位朋友的声音，她想与我聊聊我们各自的生活。我借口偏头痛，匆匆挂了电话，生怕电话占线。我认为自己无法与任何人诉说这段经历，我甚至不知道怎么描述这些荒诞的感觉。

“我沉溺在等待中，时间过得很慢。在给自己找了无数借口之后，我决定打电话给他。在拨号之前，我数次拿起话筒又放了回去，拨号之后，我却被告知此用户并不存在。我拨得很慢，不会出错。我已经将这串号码铭记于心了。但是，我还是重新旋转了拨号盘。电话那边传来同样的语音信息。他消失了。这一新消息最终击垮了我。晚上，我很晚才入睡，脑海中闪过无数剧情，为了再次见到他，为了逃避他，为了忘记他。

“第二天早晨，我无法写作，无法阅读。我匆匆赶往咖啡馆，期望在那里找到他，但是，尽管我在那里多待了一个小时，他还是没有来。我在岛上四处游荡，希望瞥见他的身影，我只祈祷他没有在试图躲着我。

“我昏昏沉沉地走进圣路易岛教堂,想要抚慰自己病入膏肓的灵魂。一位乐师在弹奏管风琴,除此之外空无一人,我坐在离他最近的位子上。我还记得在修女那里学会的祷告和我曾经去过的弥撒。我从未相信过这些。我从未为了得到什么东西或祈求原谅而求助超自然力量。

“我像背诵课文一样磕磕绊绊地背诵着祈祷文。最开始的时候,我或许曾在祈祷文上花了些心思,盼望母亲和姨母归来,不过我记不清了。但是不管怎样,她们永远的离去令我深信祈祷并没有什么用。

“然而,那天早晨,我第一次祈祷起来。我祈求知道现在应该做什么,应该怎么生活。我等待着一种平静,一个答案。为了达到绝对的虔诚,我试图将祈祷与音乐之声相融合。我在那里待了一个多小时,接着便离开了。在教堂前的广场上,我获得了指引:写一封信,然后从他的门下塞进去。于是我一鼓作气地走到第6区,甚至没有注意自己走了哪条路。我完全沉浸于在我眼前舞动的词语之中,寻找着最恰当的、能让我再次见到他的措辞。

“我没有纸，没有笔。我停下来买了纸笔，然后坐到一家咖啡馆的桌旁，写下了几行字：

我们共度的时光让我想再次见到你。如果你看到的话，就在星期六下午六点来大剧院的广场上找我。

“我走到他家楼下，猛然冲进大楼，冲进电梯，希望这一次不要碰到他。我想把纸条从暗红色双层大门下面塞进去，但是门缝太小了。于是我把纸条折起来，卡在两扇门之间。然后，我奔下楼梯。一走出去，我就发现了一家能看到大楼入口的咖啡馆。我在咖啡馆里坐下来，开始等待。不到半个小时，我便看到他出现在街角。我离得很远，但是我还是从涌动的人潮中认出了他。

“他正往回走，他会看到我的留言，我可以走了。

“这次不同寻常的经历让我精疲力尽，我坐上了地铁。一回到家，我倒头就睡，一直睡到第二天早晨。

“天明时分，当我喝第一杯咖啡时，我决定强迫自己度过正常的一天。我来到报社，总编为我的到来感到惊讶而宽慰。他很担心，因为我甚至没想过为昨天的缺席做出解释。'好，终于来上班了！我很欣慰你周六能来。我觉得你这些天有些萎靡不振，但是现在这些都过去了！'他说。在这个只有新闻说了算的行业，过去和未来都会在日常生活中消弭。

"我的思绪一飘到他身上和越来越临近的约会上，我便强迫自己专心工作。我成功了，我为此感到惊讶。我知道，自此以后，只要我尽力，就可以战胜自己的每一个思绪，即使是那些最具干扰性的思绪。

"接近下午五点的时候，我不得不走了。我在卫生间微微补了妆，不愿显得过于刻意，然后我便动身前往大剧院。

"在路上，一天所有克制的焦虑都爆发了。我的心跳得越来越快，越来越剧烈。我会再见到他吗？他会来吗？

"我故意放缓步伐，我不愿提前到，坚决不愿，我假装将目光停留在路边的玻璃窗上。在约定时间的几分钟之前，我坐在了大剧院前的台阶上。痛苦使我无法思考。我看着周围的人群，在这座被他们忽视的音乐教堂之前来来往往，分分合合。接下来的几秒钟是我人生中最漫长的一段时间。时间流逝，他没有来。

“在那一刻,我奇异地做好了死亡的准备。我感觉我生来就是为了赶赴这场相遇,如果今后的时光注定没有他的陪伴,我就找不到自己存在的意义。当他出现在我面前时,我已经平静地接受了这个观点。我难以置信地站起身,他微笑着,对他的迟到没有只字解释。我轻吻了他的脸颊,他伸出了另一侧,然后是他的嘴唇。

“‘你在害怕,’他说,‘你得学会毫无畏惧地生活,除此之外,没有其他方式。’

“我没有意识到,我刚刚第一次做到了这一点。当死亡再也恐吓不到你时,畏惧,所有的畏惧都消失了,一种不可思议的力量随之出现。任何情感和任何行为都无法再左右你的行为、思想和言论。你是不可撼动的。”

这些话引起了我的注意。怎样毫无畏惧地生活?尤其是,怎样不畏惧死亡?在我看来这十分不切实际。我已经好一会儿没有发言了,但是我将这一想法告诉了她。

“后来——”她继续诉说着故事。第一次,我感觉她对我的叙述是为了达到某个目的。

“他抓着我的手臂,把头靠在我的肩膀上。我闻到了他皮肤上强烈而熟悉的味道，然后，他站直了身子。

“‘我可真够走运的，电话坏了！我对载我来这儿的出租车司机说，这次好运使得一位年轻的女士为了找到我，把一张小纸条塞到了我的门缝里。我们去喝一杯吧！’他边说边指着马路对面的一家咖啡馆。

“我们露天而坐，他点了香槟。他看上去快乐极了。

“‘为了读你写的文章，我本想买一份你就职那家报社的报纸，不过我改变了主意。这一部分生活是属于你的。’

“我们讲述着各自度过的这一个星期。当我说起电话事件时，他发现他弄反了给我的电话号码中的两个数字。‘我永远也记不住！’这是他仅有的解释。我没有追问。他就在这里，见到我喜悦和得偿所愿的等待，他的眼神流露出几分柔情。我们飞快地沉浸在交谈之中。和往常一样，没有一句话是乏味的，即使我们只是讲述这几天来的琐事。每一句话都激发着我们分享自己的想法。

“带着几分得意，他宣称他在一家‘没有晃眼灯光’的餐厅预订了当天晚上的位子，一个星期以来，他兜兜转转，询问每一家路过的餐厅关于灯光的具体细节。他在用这些话语暗示我，他每一天都在想我。

“他提议晚餐前先去他家里，向我解释说我们第二天再来大剧院。我什么也没有问。回程坐公交车时，他中途下车买了一瓶香槟。

“他迈着高贵而优雅的步伐走进一家小酒铺，要求买一瓶酒。当售货员向他推荐一瓶中等质量的酒时，他孩童般眨着眼睛说道：‘不，给我更好些的酒。这很重要，因为这是买给她的。’售货员微笑地看着我，而他紧搂着我的腰。此刻，我的心头涌上无限的喜悦，远远超过了我的预期。我知道这一时刻弥足珍贵，我甘之如饴。

“在他的公寓里喝了几杯之后，我们下楼来到一家临近的餐厅。由于种种原因，我酒至微醺。上甜点时，他建议我吃些草莓，因为‘我们从不拒绝上帝的礼物’。当我询问他此话何解时，他回答：‘为什么你会相信它们是红色的？’

“我们回到他家时已经过了午夜。走进他昏暗的房间，我留意到凌乱摆放的物件和墙上的挂毯。他等待着我，我紧张而兴奋地走向他。在我看来，今晚我们显然会做爱，尽管我们热情相拥，却不是出于欲望。上个星期，一种极致的愉悦充盈着我。我别无所求,只想属于他,但是,他什么也没有做。我们的身体再一次如同缓慢的舞蹈般纠缠在一起,我将手指伸进他的鬈发之中,他轻嗅着我的香水味道,然后,他睡着了。我躺在他沉睡的身体旁,好久才等来睡意。

“第二天清晨,他在厨房里等待着我。他煮了些咖啡,装在一些不成套的老式杯子里。我告诉他,他走路和站立的姿势就像一位舞者。他讲述了理由,解释说他年轻时曾跳过古典舞。我发现他的腿部动作和他的姿态十分与众不同。他奇异的仪态和穿着以及他的公寓都给人上个世纪的感觉,到处都空荡荡的,几乎没什么家具,现有的摆设也显得十分陈旧。

“他的卧室和卫生间到处都是书,书桌上更是堆得满满的。这是些老书,作者我都不认识,大多数是希腊的哲学家和17世纪到18世纪的作家,有戏剧书,甚至还有星相论。但是,他的学识好像来自别处,我也没办法弄明白。

“我梳洗好之后,和他下楼喝了另一杯咖啡。是时候该去大剧院了。街道上阳光明媚,当他握住我的手时,一个画面闯入我的脑海:我们两个就这样走在阳光下,穿着白色的衣服。我原以为它有关未来,我们将会共同度过一个夏天或者一段假期。其实,它与过去有关,但我后来才知道这一点。

“那是第一个以这样的方式出现的画面。

“走在路上,他停下来凝视着我。他黑色的双眸沦陷在我的眼睛里。

“‘你是一个女巫,你知道吗?’他没有停顿,继续说道,‘不,你还不知道……’

“然后,他试着教我走路时将头抬高。

“于是,我发现了一个完全陌生的世界:我从未想过,建筑正面的门廊之上会高置着这么多的雕像。我将脖子微微向后仰,以一个全新的视角审视着巴黎。他让我留心到这些已经凝固了几十年的静止人物的表情和目光。这些雕像不是偶然出现在那里的,它们通过石雕双眼传递给过路的人一种独特的能量,这种能量时而阴森,时而悲悯。

“他对我说:‘你看,一切都是视角问题……’

“他带我观看了一场出自瓦格纳[1]之手的鲜有人知的戏剧——《爱情的禁令》(*Das Liebesverbot*),这出戏剧从未公演过。我

---

1 威廉·理查德·瓦格纳,1813年5月22日生于萨克森王国莱比锡,德国作曲家,著名的浪漫主义音乐大师。——译者注

不知道他怎么能够进来看这场表演。坐在他身旁,随着时间的流逝,我以一种奇异的方式'感受'着他。如果说我确信他能够揣度我的心思,那么渐渐地,我也越来越能够感知他的思想和情感。这种感觉通过我们共同倾听的音乐向我侵袭而来。

"走出剧院时,大雨倾盆,我们不得不在昨天光顾过的咖啡馆避雨,我感觉到了即将到来的分离。

"在过去的二十四小时里,我们交流了很多,而在那一刻,我们都不再说话。我们略带沉重地注视着对方,一言不发。我握住了他的手。于是,我终于有时间端详这只手,我寻觅了一生的这只手,甚至为了它还曾错牵了一些陌生人的手。我已用一种永远不会忘记的方式将它铭记于心,而今我注视着它,审视着他手掌的力量,手指的柔软,我们的手指交缠在一起。

"我问了仅有的一个问题,打破了沉默:'你为什么不和我做爱?'

"作为回答,他把头转向大剧院的方向,然后一言不发地将目光移回我身上。

"当我们走出咖啡馆时,我知道他要走了。我们约好下个星期五再见。我将在下班之后前往他的住所,我做了预防措施，确保这次约会不需要任何电话联系，这样我就能避免等待带来的折磨，我再也不想体验这种酷刑。

“在公交车站等车时，他紧紧抱住了我。我首先感受到他那仿佛要跳出胸膛的心脏，接着是我自己的，然后，两股心跳声一齐怦怦作响，就像演奏一段音乐，如此剧烈，以至于我太阳穴也跟着跳动。惊异于正在发生的事，我们浑身战栗，后退了几步，一直贴到挡风玻璃上。当他吻我的时候，我们两个人的灵魂飞升，仿佛置于一团处于我们上方的旋涡之中。我以清晨时分雕像注视我们的那个视角注视着地上的两个人，我看见我们的身体在柏油马路上相拥着，周围是川流的人群。他就在我旁边，也在看着我注视着的那两个人。我们飘浮在无尽的轻柔和祥和之中。然后，我们骤然下落。

“睁开眼睛时，我看见他怔愣的目光，可能他也一样。我的公交车来了，他松开了怀抱。我一言不发，双腿发颤地上了车，目光凝视着他。车子发动时，我们的目光透过玻璃窗始终胶着在一起。

“他再次神情暗淡地将头转向大剧院的方向。我追逐着他的目光，试图再次与它们交错。

“‘Das Liebesverbot’是德语，它的意思是‘禁忌之恋’。”

13
肉体

无望的爱情是极致的爱情

“接下来的一个星期，尽管我总是有些心神不宁，但是到底平静了不少。我一心等待着周五的到来。我仍然保持着每天早晨去岛上喝一杯咖啡的习惯，即使心里清楚不会在那里遇见他。然后，我昂首阔步地行走在巴黎的街道上，往报社赶去。若是迟到了，我会乘坐法院附近的公交车。他曾对我说，他经常去旁听诉讼案件，因为里面上演的人间喜剧‘绝无仅有’。

“一天晚上，经过一家重映《洛城故事》(*Les Demoiselles de Rochefort*)的电影院时，我决定观看这场电影。不管怎样，我没有见任何人，我没有和任何人说话，一切陪伴于我而言都没有意义。

“电影的世界震撼了我，尤其是一首名为《德尔菲娜之歌》(*La Chanson de Delphine*)的背景音乐，您听过这首歌吗？”

我摇了摇头。她给我背诵了她熟记于心的歌词：

我对他一无所知，却与他在人海相遇
他的名字我不陌生，他的声音如此熟悉
他的脸庞时常在梦里相对
他的眸光，他的爱情，不过是镜花水月
…………
我可以与你谈论他的脸和他的手
我可以与你谈论他直到天明
我爱他，奋不顾身，但是好梦终会醒
他给的爱情幻影终是一场空

“这首出自米歇尔·勒格朗[1]之手的歌曲同样陪伴了我一生。曾经，我只听古典音乐，听了他的歌曲之后，我如获至宝，我买了他全部的唱片。这首歌完美地演绎了我内心所有纷乱的情感，而今，这首歌依然能生动地唤醒几小时以来我所诉说的那段时光与感触。

“总之……周五那天，我想带着礼物去见他，我希望他的心灵和感官能够愉悦。我暂时没有找到特别的东西给这位非凡之人，于是这件事占据了我接下来所有的空暇。为尺寸纠结了半天之后，我选定了一件灰色的套头衫。当售货员询问我他的尺码时，我回答道：‘我不知道，他每次拥抱我时，我都闭着眼睛。’毛衣装在一个漂亮的红盒子里，于是，我决定将所有礼物都包装成红色。我寻获一本有关戏剧艺术的旧书，它的年代十分久远，我用鲜红色的纸仔细地将它包了起来。最后，在周五的那天早上，我在一家精致的食品店里购买了他酷爱的‘上帝的礼物’，包装盒的颜色与所装的水果颜色一致。

“周五晚上，我打车离开了报社，按照约定时间来到了他的

1　米歇尔·勒格朗，1932年2月24日出生于巴黎，法国著名的作曲家、指挥家和钢琴演奏家。——译者注

住所,带上了所有的小礼盒。这一次,里面都是个人物品。

"'你真美。'这是他打开门说的第一句话。我定然是美的,爱情令我容光焕发。他移走了办公桌,在那里放置了一张餐桌,上面铺着一层白布作为桌布。他的大客厅里有一个老式壁炉,因为我曾对他说过我喜欢火,他在这个星期寻来了一些木头,为我的到来点燃了壁炉,这是4月末尤为凉爽的一天。我还留意到墙上悬挂的一块巨大的深蓝色天鹅绒挂饰,挂饰一直垂到地板上,给空旷的房间增添了戏剧性。

"他给我倒上香槟时,我愉快地拿出了礼物。他略感意外地收下了,补充了一句:'穿衣,学习,进食,这是不是人类生活的要素?'

"像往常一样,我们滔滔不绝地交谈着。一见他,我便思如泉涌,我的思想以及感官变得异常灵敏,气味、声音、画面都前所未有地丰富起来。第一次,我感觉到他便是我缺失的另一半,尽管我并未真正理解这个想法。

"在交谈的过程中,他特别提到了这周在一家咖啡馆露天座位上两个女人之间的一段对话,这段对话令他惊诧。她们谈论了一个在某种意义上生活在社会边缘的男人,并做出以下结

论:‘这个男人的生活真是不可思议。’

“‘我可不希望别人说我过着不可思议的生活。’他影射了他曾经的漂泊、他不同寻常的经历和过于特立独行的生活方式。‘在我这个年纪还得这样生活吗?’他问我。

“他为我准备了他精心烹饪的蜂蜜烤鸭和牛肝菌土豆泥,他坚称我们必须食用有品质的食物,因为‘我们即我们所食的一部分,这些食物经过我们的身体,如同思想经过我们的头脑。因此,次等的食物就像次等的思想,对我们有害’。

“夜深人静时,我们的话题就此转到了颜色上。他解释了蓝色挂饰的意图,蓝色的视野在一定程度上能够改变我们对所处房间的感知,白色的桌布亦是如此。我们愉悦地融化在这片蓝色里。

“他与我谈论了他的公寓和买下它时的方式。曾经在街上游荡的他,找到一位房产中介,对他说了一句我们永远也不会对这一类人说的话:‘请给我找个大价钱的房子。’他向我描述了他遇到那人时的模样,令我忍俊不禁,那人根本没有把他说的话当回事儿,而是建议他购买一间极为逼仄的单间公寓。‘如果这就是您手里最贵的,我们就做不成生意了。’他是这样回答他的。于是那名中介给他推荐了数套房子,而他不断地驳回:‘您还有更贵的吗?’直到那人给他推荐了这套公寓,而他当场就买了下来。

“最后,我躺在一张极为老旧的长沙发上。酒精和纷乱的思绪令我有些疲倦,而我已渐渐习惯,他的陪伴则使我心满意足。

“火慢慢熄灭了,他在我身上盖了一条毯子,久久地抚摸着我的头发。‘我希望你成为一个独立自主的人。’他喃喃低语道。我就这样睡着了。

“天明时分,我在这张沙发上醒了过来,他脱掉了我的皮靴。起床时,我将毯子披在肩上,我需要一杯咖啡。走近走廊时,我听到厨房传来窸窸窣窣的声响,他背对着我站在那儿,正将棕色的粉末倒进咖啡壶里。他转过身来,身上穿着我昨天送给他的灰色毛衣。

“‘睡得好吗?’他微笑着问我,我心虚地点了点头。他昨晚没来叫醒我,让我躺在他身边,他没有意图拥抱我,这一想法令我一大早就沮丧不已。

“‘今晚我得去工作。’他补充了一句。终于使得我的心情阴云密布,他从我的眼神里读懂了这一点。他走了过来,一边搂着我的腰,一边继续说道:‘有时,到了特定的日子,我得晚上工作。但是我们还有白天的时间呢!’他瞥了眼咖啡壶,加了一句:‘我不知道这壶咖啡能不能入得了口……来,我们下楼吧!’

“我迅速收拾好自己。我们露天而坐,阳光再次倾泻而下。他试着向我阐述他的爱情观,‘丘比特之箭’射穿人心,而他将爱情拒之门外,对这些箭避之不及。他将浪漫主义和遗传学糅合在一起,因为在他看来,我们繁殖的本能总是大过一切,所以我们会缅怀过往的爱情。他曾经遇到过很多女人,他曾经和她们生活在一起,她们有些比他年长,有些则比他年轻。我向他讲述了我的丈夫和那个生活在伦敦的情人。然后,我们审视着周围的伴侣,趣味盎然地分享着相似的看法。在某一个时刻,我思忖着,肩并肩坐在那里,天马行空、畅所欲言的我们又组成了怎样的一对儿。

“我们在圣日耳曼德佩区的一家餐馆吃了午餐,下午时分,我们逛到了岛上。和他一起漫步在岛上,我感到无比幸福,但是他没有赞同我提出的一起去我们相遇的那家咖啡馆的想法。

“他送我回到我家楼下,却没有进去。

"'我该走了。明天一起去剧院,好吗?去法兰西大剧院。'

"新的约会和即将到来的重逢使我安心不少。

"'明天早晨来我家,大概十一点钟,怎么样?'

"不待我回答,他匆匆亲吻了我,然后消失在了街角。

"上楼时,我感到一种难以言明的不适,我想压制下去,不适感却愈发分明。而且,我仍然能感受到他的声音、他的存在和他的味道。这两种感觉混在一起,仿佛一瓶魔法药水兜头而下。我坐到桌前,我需要写作。第一次,词句如潮般地涌现,滔滔不竭。文章在我面前堆砌了起来:国际关系、新闻和穿越年龄的爱情观。我从未这样写作过,如此笃定、明晰、胸有成竹。我忘记了组成文章框架要素的论题、反题和概论,我的文风一向稳健,以便时不时在其中加入新的观点,使其更具文学性或更具讽刺性。几个小时里,我从未像这般进行写作,纸张在桌上堆积成山。当我躺在床上时,已经精疲力竭,脑海中只想着他一个人。

"醒来时,我喜出望外地发现,昨天所撰写的文章依旧鼓舞着我,这让我讶异。这样的灵感与才思是从哪里来的?

"我做着准备工作,决定这一次彻底展现自己的女性魅力。我选择了一条稍显紧身的裙子和一双长筒袜，我鲜少穿得如此光鲜，我希望挑逗起他的欲望。

“尽管我不慌不忙地搭了公交车，还是过早地到达了他家楼下，我在附近一家咖啡馆的露天座位坐了下来。不一会儿，我看见他走了出来。他穿了一双黑色的靴子，形状一如既往的古怪，还有一件同色的长风衣，他棕色的鬈发与衣服融为一体。

“‘你提前到了。’他亲吻着我说道。

“我原以为我们会上楼在他家待一会儿，等时间到了再去剧院，他却一言不发地直接向皇家宫殿的方向迈步而去，我跟随着他的脚步。这个星期天，巴黎显得有些冷清，他紧握着我的手。

“‘我一直在想你，想我们。’说着，他恢复了一丝浅笑，笑容犹如昙花一现，并没有蔓延到脸上，他乌黑发亮的眼睛依旧阴沉着。

“我们在临近剧院的地方用了午餐，尽管他依旧想与我交谈，但我察觉到他不如以往那么爱说笑了。后来，我几乎无法投入到显得无比冗长的戏剧之中。他时不时地转过头来看着我，他略带悲伤的脸庞没有给我一丝抚慰。

“走出剧院之后，我们沿着塞纳河散步，脚步显得轻快了些，因为我们的默契就像我们对不同话题的畅所欲言一样，没有受到任何影响。我们从戏剧聊到文学，从法兰西大剧院聊到他的公寓。到达他的住所之后，我们的话题自然而然地落在他正在研读的几本作品上。他的智慧，他对一切事物的感知，他看透表象和常识的能力，无时无刻不令我赞叹。

“夜幕降临了，我握住他的手，放在我们喝茶的桌子上，然后，我起身吻他，并坐在了他腿上。他一动不动，我感觉到他身体发僵，我本能地后退了一步。

“‘我不能给你你想要的东西，我不是为了这个才在这里的。’他冷漠地说道，眼睛紧盯着面前的墙壁。然后，他一跃而起：‘还有，我们为什么会在这里？你可以解释一下吗？’

“他的嗓音变得尖锐起来，带着怒气和激愤，他的手臂挥动着，带着一种令我感到陌生的急促。

“随之而来的，是一连串的长篇独白，他控诉了一味沉沦于肉欲的自甘堕落，这段曾令所有人都为之惊叹的无望之爱，这出每个人都参与其中的合谋做戏。他不愿再置身这场宏大的假面舞会，也不愿再堕落地扮演这个角色。‘你以为我是谁？’最后，他怒极吼叫道。

“我已经不记得他所有的话语。我完全不知所措，在椅子上瘫坐了几个小时，听着他暴怒的声音，看着他不断地比手画脚，在房间里来回踱步。我既无法认为他是错的，也无法认为他是对的，他说的话有时前后不一致。

“他停下来的时候已经入夜了，他猛地走出了这种暴躁的状态，一如当初猛地进入这种状态。面对他猝不及防的暴怒和对不堪忍受痛苦的宣泄，我始终一言不发，一动不动。出乎意料的是，他突然跪在我的脚下。

“‘对不起，对不起，’他喃喃呓语，将灼热的脑袋埋在我的膝头，‘不要走，已经入夜了，你不会想晚上走的。来……’

“我没有回答，浑身一丝力气也没有。他牵住我的手，我跟着他。我们和衣躺了下来，在一室寂静之中，我们四目相对。他轻吻我的额头，我的脸颊，然后把头靠在上面。

“‘我很抱歉，我无意伤害你，我不是要伤害你……’

“沉默再次占了上风。我听到他渐渐入睡的声音，他一脸疲惫，他的呼吸变得沉缓，他的体温降了下来，最后，几滴眼泪无声地落到了我的脸颊。

“第二天清晨，天明时分，我裹着一身皱巴巴的衣服起了床。在厨房里，我给自己弄了一杯咖啡，目光依恋地看着周围的一切。我知道，这熟悉的一刻可能再也不会重来了。我再次回到他的房间，凝视着他的脸庞，他却睡得像一个孩子，蜷缩成一团。

“然后，我穿过他空旷的公寓，在走向双层大门时，我转过身来，将这个我害怕自己不会再来的地方深深记在了心底。

“我漫步在空荡荡的街道上，心中的疲惫渐渐转变为希望。因为不管怎样，他希望我留下，他希望我留下，他希望我留下……”

14

循环

一切都已逝去
一切都已破碎
一切都令人厌倦

“不愿苦苦等候他的消息,我决定打破这令人难以忍受的等待。一到晚上,我打电话给他,邀请他来我家共进晚餐。他兴奋地告诉我他刚刚得到了一把大提琴,他不知道怎么演奏,但是,‘一切都可以学’。我已经知道他会演奏萨克斯、钢琴和吉他,事实上,我认为,以他过人的才智,没有什么是学不会的。

“他说过他只有周五有空,但是他欣然接受了我的邀请。

通话持续的时间不长，他是讨厌这部机器的，但他强调，我那天早晨走得太匆忙了，他更希望我在走之前能叫醒他，和他道别。

“他祝我度过愉快的一个星期，然后挂了电话。

“对于周五晚上的期待再一次令我安心了些，但是，我并没有被自己所处的境况和状态蒙蔽。在那一刻，我感觉自己像一名被注射了一剂吗啡的病人，心里知道药效注定不会持久，痛苦即刻便会重现。

“我依旧形单影只地度过了一个星期，将大部分时间都专注在我即将为他奉上的晚餐上。不过，我的文章引起了主编的注意，尽管他没有立即将这些文章发表，却已对我另眼相看。我认为，他甚至在思忖我是否真的是这些文章的作者，因为其行文风格以及传达的思想和我以前呈交给他的截然不同。就此，这个星期我没有接着往下创作，对于新约会的期待冻结了我的灵感。

“周五晚上，他迟到了，这给我带来了无尽的不安。我准备了可口的晚餐，用几支蜡烛营造了一些气氛。

“我与他分享了米歇尔·勒格朗的音乐，我已经有了不少他的唱片，和他一起倾听音乐令我无比欢喜。简单几句话，他便描述了这首音乐在我内心勾勒出的所有奥秘，甚至还描述了一段我在塞纳河畔经历的快节奏生活。那时，这段音乐一直萦绕在我耳旁。他对我说：‘那是在大桥的另一边，有行人路过，他们悠然漫步，有一个人开始奔跑……就是在那一刻，这首歌打动了你！’

“我震惊不已。

“但是，和往常一样，我无法消化如此多的情绪、信息和思想，它们将我淹没了。

“晚餐随着我们的对话一直持续到夜幕降临。我在洗碗的时候，他在我房间里睡着了。

“我发现他光着身子睡在我的被子里，我躺在他身旁，最终也睡着了。

“夜里，我做了一个奇怪的梦，我梦到他主宰了我的身体，但是，他一半是天使，一半是魔鬼。在这场噩梦中，他还想夺去我的灵魂。我在他的攻击下挣扎不休，心知自己在劫难逃。当我睁开眼睛时，他正侧身打量着我。

“‘我在观察你的睡颜，’他说，‘我想要记住你的脸。’

“我需要几分钟从梦魇之中清醒过来，他的幻象几乎令我恐惧。他到底是谁？为什么他的存在和这场相遇会让我的生命变得如此面目全非？

“我想在那一刻回答他，我永远也无法忘记他的脸庞、他的声音和他的双手，但是我生怕让他感到不自在。因为，我不愿以任何方式痴缠着他。

“他起身迅速地穿好衣服。

“他看着我放在客厅里的书籍之后，对我说：‘你少了一本最基本的书，我想送给你，这很重要。我知道我们在哪里可以找到它。’

“我们沿着塞纳河漫步，他在旧书商那里寻找歌德的《少年维特的烦恼》，他希望我拥有这本书。

“从一家书店逛到另一家书店，我们手牵着手走在阳光下。

“我喜欢他与店主说话的方式，他的独特，他的幽默，他的博学。走出门时，他优雅的步伐则给人一种漫步云端的印象。尽管这些商人似乎觉得他有些奇怪，我从他们的眼神中看出了这一点。我完全被他吸引，从未留意过周围的人和他们看他的眼神。

“我们露天而坐，稍做歇息，我们对浓咖啡有着相同的喜好，每过一小时都要来一杯。

“两个年轻的美国姑娘坐到我们身边，其中一个长得尤为美丽，是一种英国人的美，她五官匀称，毫无瑕疵。我打量着她的外表，留意到她在看他，她必定认为他鬈曲的头发、狮子般的脸庞和天生的自信十分迷人。我开始追踪他的目光，试图挖掘这两人之间可能会产生联系的细微迹象。

“‘我们走吗？’他提议道。

“走出几步远之后，他补充了一句：‘你认为你在我身边时我还会注意其他女人吗？’

“谨慎对我没用，他猜得出我的心思……

“我们没有找到他寻找的东西，他退而求其次，一直走到圣米歇尔大道尽头的一位书商那里，后者最终卖给他一本新的印刷本，他将这本书买了下来。

“然后，他提议一起去卢森堡公园。

“起初，我们坐在一家小酒吧的椅子上。树木挡住了阳光，到处都是翠绿而茂盛的树叶洒下的阴影。这束尤为独特的光线似乎使得氛围安静下来，周围的声响像是从很远的地方传来。我们面对面坐着，我从他的一颔首、一凝眸中领悟到，那一刻实际上是带有几分魔力的，我以相同的频率回应着他。在金光绿影之中，我们久久注视着对方，大约一个多小时的时间里，我们一句话也没有说。

“但是，这只是表面上的沉默，因为尽管我们嘴里没有发出一丝声音，我们仍然在交流。我在脑海中听见了他的想法，他也在脑海里回应着我。是的，这是灵魂对灵魂的交流，话语变得越发多余。

“‘你是一名女巫。’最后，他喃喃说道。然后，我们向美第奇喷泉走去。自此，雕像似乎也在对我说话，这里的雕像美轮美奂。互相拥抱在一起的爱侣埃西斯与加拉蒂亚被独眼巨人波吕斐摩斯置于一座圆顶之上。他们是爱神，我们也是。我们凝视着他们，渐渐地，我们的脸庞与他们的脸庞重叠在一起。

“‘看，他将把埃西斯压在埃特纳火山的一块岩石下面。’他轻声说道。‘他会打中埃西斯吗？’‘是的，这是他们最后一次相爱。’

“这句话如同宣判一样响起，但我假装没有听见。

“我们投入《少年维特的烦恼》的朗读之中，其中的每句话都令我受益匪浅。我们轮流大声朗读所有的章节，主人公的绝望震撼了我。书中的语句怎么能够如此优美地衔接在一起?为什么我从前阅读时从未体会到作者的诗情?

“我没有意识到,这次朗读对我来说是一个启示。在这本书之后,我阅读任何一本书都能充分体验到书中措辞的精妙之处。

“公园关门了,他邀请我去往他的住所。

“他为我倒了一杯茶,我再次坐到桌旁。喝了一口茶,他便站了起来,播放一张古典乐唱片,然后走向窗户,坐到沙发上。

“我过去坐到他身边,但是,他飞快地站了起来。

“‘你现在想做什么?’他问道。

“我看着他,先是愣在那里,然后似有所察,心生悲伤,为了他显而易见的尴尬,也为了随着夜幕降临在公寓里悄然浮现的局促不安。

“‘我们可以坐出租车,环游巴黎。’他补充道,‘你觉得呢?’

“我没有回答。我深深吸了一口气,终于鼓足所有的勇气问他:‘发生了什么? 你为什么不愿吻我?’

“事实上,从他上次去我的公寓起,我们就没有接过吻,而我能深切感受到,在这个封闭的空间里他对我更是避之不及。

“‘因为我说到出租车，所以你就问我这个问题吗？这辆出租车使你想起了另一辆出租车，另一个吻……’

“他热衷于在我们思考的过程中，利用从如潮的思绪中不断涌现出的一个画面或一个主意将话题引向相反的方向。不管是对他自己还是对我，他都会时不时地准备玩这个游戏。

“‘是的，也许吧，但是你没有回答我的问题。发生了什么？’

“沉默良久之后，他的脸变得扭曲，他大声喊道：‘我不爱你！你知道我不爱你！’

“这句话如同当头棒喝，在剧痛的侵袭下，我感觉自己的身体折成了两半。几分钟之后，我才找回自己的声音：‘对不起，我不明白。’

“‘明白什么？’他喊道，‘明白什么？你知道我不爱你！’

“这句宣言彻底将我击倒，我心灰意冷地拿起我的包，走向大门。

“他挡在门前，黑色的双眸刺穿了我。

“‘我已经承受得够多了。’我对他说，‘我的生命里只有失望和心碎，现在我受够了。’

“看出他没有让开的意思,我受绝望力量的驱使,嗓音变得更加锐利而坚决:‘我已经完全明白你说的话了,你清楚地言明了其他人使我懂得的东西。谢谢你大发慈悲的坦诚,现在,让我走吧!’

“他的双眼依旧紧盯着我,然后,他皱了皱眉头,叹了口气:‘你在颤抖,你冷,我去找件毛衣。’说着,他锁上了双层大门,然后拿着钥匙消失在走廊的尽头。片刻之后,他回来了,手里拿着一件水手羊毛开衫。

“‘这是我最喜欢的一件,你得还我。’

“他的嗓音再次变得柔和,几近哀求:‘过来坐下吧,请你过来坐下。’

“我依然站在门口,手臂上挂着羊毛开衫。我的确在颤抖,因为他的话语以一种比最严寒的冬天都更彻骨的寒冷冻结了我的身体和我的灵魂。但是,我对他说:‘我的父亲不够爱我,以至于不愿承认我。我的丈夫不够爱我,以至于没有对我从一而终。我的上一个情人不够爱我,以至于不愿要我肚里的孩子。那么你呢,你打算用什么方式不爱我?我该走了,开门。’

“‘穿上衣服,答应和我一起吃晚餐,我就给你开门。’

“我的力气也开始弃我而去，而且，尽管他的陪伴变成了一种折磨，我已然知道，他不在要比这痛苦一千倍。

“我默然点头，他将羊毛开衫覆在我的肩上，我们下楼来到了街上。

“走了几分钟之后，我们坐在一家愿意招待我们的餐馆的露天座位上，此时已经很晚了。

“我们一起沉默地用餐，一分一秒就这样过去了。用完餐后，他握住了我的手：‘你会和我一起上去的，是吗？我求你，留下来。’‘我该走了。’

“是的，我该走了，我必须逃离他，躲避他，将我自己从这些年的等待中，从这几个月徒劳的期盼中，从这几个礼拜纯粹的爱情中，从这几天芒刺在背的疑虑中，从这几个小时的痛苦中拯救出来。我必须离开，因为尽管他不爱我，至少他会尊重我。我必须离开，为了保存这一段额外时光的回忆，不让它受到一丝卑微的玷污。我必须离开，为了保留哪怕最渺茫的一丝希望，他也许会想念我。

“‘我去叫一辆车。’

“我站起身，他跟着我，几辆出租车在车站等候着。他抱住了我，双臂将我束得如此之紧，让我几乎喘不过气来。我感觉到他浓烈的气息感染着我，分散在我的皮肤上，我的头发上，就像他的灵魂曾感染着我的灵魂。

“‘让我陪你吧。’他轻声呓语。

“我没有回答，于是，他松开了怀抱，我坐上了第一辆车。

“我的目光透过车窗注视着他，我已经开始想念他了。我预感到一段我无能为力的悲伤时光。

“他敲了敲车窗，司机将它降了下来。‘好生照看她，’他说，‘她是我在这个世上曾欣赏过的最珍贵的石头，甚至远不止于此。’

“车子开动了。我们凝视着对方，我看见自己眼中的悲伤倒映在他的双眼中。

“然后，距离逐渐将我们分开。我把头埋在双手之中，然而，当痛苦达到极致，眼泪也知道自己没有了意义。”

15

未完……

无望的爱情是永无止境的爱情

“于是，我回了家。我没有入睡，我躺在床上，身上盖着他的毛衣，一动不动。黑夜逝去之后又是白天。我无法再动弹一下，我感觉只要一起身，刚刚经历的一切便会成真，而我不愿接受现实。我无法面对失去这个人的现实，失去他就意味着缓慢而残酷的死亡。我宁愿死个痛快，我等待着死亡的到来。我似乎睡过去好几次，然而，每一次醒来，痛苦如我所料地再一次削弱我唯一的愿望，直到将其彻底湮灭，我却没有就此放弃。

“星期二——我后来才知道——我迷迷糊糊中听到有人敲门的声音。我无法起身,但是我记得,我认为这不会是他,于是便没有必要费力起身去开门。

“当我再次睁开眼睛的时候,一张我认识的女人的脸庞映入眼帘,我花了几分钟才意识到她是谁。

“‘喝吧,’她边说边拿着一杯水抵着我的嘴唇,‘吃下去,’她又拿来一块蛋糕,‘不要动,我去弄点咖啡。’

“我说不出话来。这个女孩儿和我在同一个编辑部工作,她负责上流社会的报道。这是一个聪明漂亮的棕发姑娘,出了名的干练,这使得她左右逢源。我从未见过她素颜的样子,她棕色的头发光滑如缎,她的衣着和首饰有时显得过于招摇,却从不庸俗。我躺在床上,看见她仍是穿着裙子和高跟鞋在这里忙前忙后。我们交谈了几句,更多时候只是带着几分默契地相视一笑。

“她端了两杯咖啡过来。

‘我没有找到安眠药,你什么也没吃吧?’

“我摇了摇头,仍然对她不合时宜的出现感到惊讶。

“‘是你的门房给我开的门,她可真不好对付。我们已经担心你好几个星期了。你昨天没有来,我们又联系不到你,大家都开始着急了。今天早晨,因为还是没见你来,老板向我们透露,你认为自己得了一种严重的疾病……是真的吗?'

"我没有回答。

"'简而言之,他推断你可能自杀了。我自请来这里看看发生了什么。来,喝吧!'

"热咖啡使我找回了些力气,眼泪终于潸然而下。'发生了什么? 来吧,跟我说说……你想死,是吗?'我能对她说什么?谁能够理解连我自己都不明白的绝望的疯狂。'这是我希望的。''死去?'她停顿了片刻,'因为一个家伙,是吗?'

"一个家伙……这个措辞几乎让我发笑,因为它令我生出与现实错位的感觉。或许是因为这句话促使我对她讲述了我的故事,或许我认为吐露这个秘密之后,她坚硬的面具会就此瓦解,或许我也期盼着她的嘲笑,这样我最终就可以自嘲。

"于是,我对她讲述了我的等待,我们的约会,一直到最后这次分离。我对她讲述了这场相遇的离奇和它在我心里引发的纷乱。

"她很懂得倾听,没有打断我,因而我刚开始虽然有些拘谨,后来却能在她面前毫无保留地娓娓道来。

“当我说完之后,她简单总结道:‘在我看来,有一件事显而易见,他爱你。我会带你去见一个能帮助你的人。去洗个澡,穿上衣服,我们去吃晚饭。毋庸置疑,你会再次见到他。现在不是泄气的时候。’

“我听从了她的建议,她笃定的口吻振奋了我。

“第二天,我回到了编辑部。幸运的是,所有人都假装没有注意到我突然的出现,没人对我品头论足。第三天,我恢复了早晨的习惯。当然,我期盼着他的到来,但是他没有出现。

“周末来临了,我的新朋友提议我四处逛逛,平复不安的情绪。我疯狂地想他。

“她注意到了这一点。‘打电话给他,有什么可怕的?如果事实是你对我说的那样,那你没什么可失去的……’

“等到周一晚上,我鼓起所有的勇气拨通了他的电话。‘是我。’我声音发颤地说。‘我知道。’‘我……我想知道你的消息。’‘我很好。’‘我得把你的毛衣还给你。’‘是的,我很喜欢它。’‘你想要……你想要我把它寄存到某个地方吗?’‘你不想见我吗?’‘想,当然想。’‘你周六有空吗?’‘有空。’‘奥德翁剧院,周六,晚

上七点?’‘好的。’

“他挂了电话。我的肺里盈满空气,我心花怒放,我在公寓里翩然起舞。我坐到钢琴前,音符在我的指下跳跃,宛如天籁。音乐控制了我的身体、我的头脑、我的双臂和我的双手。第一次,我没有弹奏我曾经辛勤学习的那些乐曲,我没有演绎那些借来的音调;第一次,我弹奏了来自我的灵魂和生命的属于我自己的音乐;第一次,我宛如一个魔术师,本能地作曲。我为他而作曲,只为他一个人。我以前怎么没有理解音乐为何物?我弹奏了这么多年钢琴怎么会毫无感觉?那天晚上,我成了音乐家。

“当我周六到达奥德翁广场时,我演奏了几个小时的钢琴和音乐为我注入了一股新的力量,然而,这股力量还来源于我对这次新约会前所未有的期待,即使我不愿承认这一点。

“我瞥见了他。这一次,他没有迟到,他穿着一身皱巴巴的浅色亚麻西服等我,头戴着他的米色巴拿马帽子。

“看见我,他微微一笑。我走近他,他亲吻了我的脸颊。

“现在是5月,这个温暖的夜晚预示着夏日的临近。在他的邀请下,我们坐到了最近的咖啡馆里,他按惯例点了香槟。

“我们再次交流起来，像是从未间断过。我最终再次见到了他，见到了他的热情、他的优雅和我们独一无二的默契。

“我将羊毛开衫递还给他，我留意到，他不太情愿地收了起来。他提议在吃晚餐前去他的住所将毛衣放好。

“一走进他的公寓，我便有了一种奇怪的感觉。我深信自己再也不会来这个地方，以至于这次造访让我很窘迫。我坐在沙发的边缘，而他消失在他的房间里，去放置我还给他的毛衣。回来时，他对我说：‘现在它沾染了你的味道，我不知道这件毛衣还愿不愿意属于我，它可能已经认了别的主人。’

“他笑了。我留意到放在我身旁的大提琴，他注意到了我的目光。

“‘是的，我拿到了。试试看！’‘我不会拉。’‘一切都可以学，试试吧！’

“我将大提琴置于我的腿间，拿起琴弓。我先是犹豫不决，然后越来越坚定地奏出了音调，直到不由自主地创作出一段陌生的旋律。

“我的手指紧扣琴弦，琴弓不断游走。我在演奏大提琴，而我的一生之中却从未触碰过这种类型的乐器，我甚至从未试图演奏过弦乐。我演奏的不是出自任何一位大师的作品,但是整段旋律却浑然天成。

“音乐一度使我沉醉,它们仿佛从我的肚子里,从我夹着乐器的大腿中倾泻而出。停下时,我难以置信地看着他。

“‘你看,你会演奏,’他带着狡黠的微笑说,‘我们去吃晚饭吧!’

“一来到马路上,当他用黯然而沉痛的眼神注视着我时,我终于鼓足勇气问出了折磨了我好一阵的问题:‘你是谁?’他一言不发地凝视着我。‘你是谁?为什么我从未踏足你的公寓,却知道里面每一间房间,每一样东西的位置?你是谁?为什么你的思想与我的思想契合得如此完美?你是谁?为什么你会让我演奏大提琴这个我一生之中从未触碰过的乐器?’

“他低下了头:‘你应该自己去发现。’

“‘回答我!’

“他抬起头:‘不,没什么好说的。’

“他径直前行,没有给我任何追问的机会,我只能跟在他身后。事实上,确实没什么好说的。但是,我后来才明白这一点。

“我们在圣日耳曼德佩区吃了晚餐,然后,我们从一家酒吧逛到另一家酒吧,直到临近午夜的前一个小时。当我的眼神漫不经心地游移在他皱巴巴的外套上的褶皱时,他向我坦言,他把他的西装放在水盆里洗了。'一般没有人会这么干。'这段供述令我笑不可抑,我之所以笑不仅是因为这个结果,也同样因为他是真实的,令人吃惊的:他就像一个流浪的绅士,但是,一如既往,他来自另一个时代。

"那天晚上注视着他时,我明白,即使我喜欢他的公寓,即使我认为他俊朗迷人得不可思议,即使他的双手令我神魂颠倒,不过这些都不是重点。他可以失去他的双腿和双臂,他可以拥有一张丑陋的脸,但是一切都不会因此而改变。我只想不顾一切地待在他身边,有他在,我才找到了完整的自己。我不是别人,我是绝对真实的自我。而每一分钟,每一句话,每一个动作都最终在应该发生的时刻自然而然地发生了。对了,这就是在他身边的感觉,我们两人灵魂的碰撞使他变成了超凡脱俗的存在。

"当我们离开最后一个仍在营业的酒吧时,已经凌晨两点多了。

"在去出租车车站的路上,他建议我们第二天在万赛纳见面，他亲吻我的脖颈，然后就消失了。

“我第一次感觉心底一片平静，因为我知道，将我们联系在一起的力量要比将我们分开的力量强上千倍，尽管他在躲闪，但他心里也明白这一点。

“此外，第二天中午，他语带不安地来电确认我们的约会并确保我的出现，我从未见过他表现出这样的态度。

“我们躺在床单上，在太阳的阴影中，在树木底下，完整地朗读了他带来的一本年代久远的奥维德（Ovide）的《爱的艺术》（*L'Art d'aimer*），对于那个年代而言颠覆性的文字如今看来却显得十分诙谐。我们大声地朗读了所有的章节，他称赞我朗诵的语调。

“‘表演戏剧吧，’他对我说，‘去报名，从明天开始，岛附近应该有课程。’

“我甚至没有提出异议，自此，我知道，他给我的建议总是有理由的。我们一直朗读到夜幕降临，我们的双手从未发生触碰，即使我极度渴望触摸他，渴望投入他的怀抱，但我没有做出任何靠近他的动作，生怕他溜走。

“‘奥维德描述了爱情的戏谑，爱情的戏谑并不是爱情。’他站起来说道。

“‘那么,爱情是什么?’

“‘我们谁也不比对方知道得更多。’说着,他深深凝视着我的双眼。

“我需要一些时间才能明白他选择带来这本书的原因。奥维德从男人与女人的角度分别描述了爱情不同阶段的吸引力,这在古代是十分超前的。他用说教的口吻,给予了无数的建议,包括关于性爱的建议,从而维持长久的伴侣关系。但无论如何,他并没有谈论爱情。我们不可以表演这个喜剧,这是亵渎神灵的。

“在回巴黎的出租车上,我们保持着沉默。到达我的住所之后,他在我的脸颊上印上了一个吻。

“他无比感伤地对我说:‘我会打电话给你。’可他的双眼却泄露了别的想法,那些我想要从他的话语背后解读出来的想法。

“然后,他的身影消失在街道上。”

16

离去

我的苦涩犹如一片森林

她停顿了片刻,对我说:“我需要去找一样东西才能继续,您愿意在这里等我吗?”

现在是什么时候了?我没有看手表,手机也关了。数个小时以来,我脱离了这个世界,来到了她的世界,来到了她的过去和几十年前的这家咖啡馆。除了中途喝了几口水,她一刻不停地讲述着她的故事,没有人来打扰我们,连侍应生也只中途来给空玻璃瓶添过一次水。由于已经好久没出声了,我有些艰难地开了口:“好的,当然。”

她站了起来。

“您可能饿了,点些东西吧,不用等我,白天我从不吃东西。我很快回来。”

我点了一份煎蛋和一杯咖啡,已经快到下午四点了。

当她回来时,我正在人行道上踱步,舒展一下双腿。她没有耽搁很久,她手上拿着一个大牛皮纸信封,步伐坚定地走了过来。

到目前为止,我对她的叙述没有任何见解,我只是像一个在戏剧幕间休息时迫不及待地等待后续的观众一样,等待着她接下来的故事。但是,我还是留意到,这个女人、她的叙述以及我们美妙的相遇,使得这一天变成了迄今为止我度过的最美好的一天。

尽管这几个小时的沉默令我的思想有些僵滞,我还是渐渐感受到了一些轻柔而明亮的东西在我的内心翩然起舞,仿佛一只蝴蝶在轻抚着我的灵魂。生平第一次,我感到一种隐藏的力量在推动着我们的生活,一切自有定数。事实上,或许一切都是为了更好的际遇,甚至伤我如此之深的离婚也是如此,因为它指引着我一直到这里,来到这个女人身边,倾听她。她的话语仿佛流入我的心田,逐字逐句充盈着这说不清的空虚。还有,我真的知道爱情是什么吗?我可曾体验过吗?

我随她回到了咖啡馆,她坐回了她的位子,我也重新落座。没有一丝踌躇,她继续说道:

“当然,他没有来电话。我每天都在等待他的到来,就像我之前一直做的那样,但是有些东西变了。不知不觉间,我开始更频繁地弹奏钢琴,重新寻获一个星期之前发现的精湛琴艺。同时,我也开始阅读,在每一个句子背后都发现了过去未曾领悟的隐藏含义。我愉悦地投身于古典书籍的阅读,曾经,我从未真正理解过这些作品。我感觉一切都越来越清晰。然后,灵感迸发的写作也随之而至。

“我无时无刻不在想他,更确切地说,他栖息在我心里。但是,我很快明白,在这一切活动之中,他始终陪伴着我。通过音符和文字,他一直伴我左右。当我写作、弹琴或阅读时,他的缺席变得不那么难熬了。其他时候,我追寻着他的踪影,在漫步大街小巷时,幻想自己瞥见了他千百回。

“我自此拥有了一个亲密的朋友,每天早晨,她都用眼神向我探寻他的消息。我们经常一起吃午餐,有时,她会在晚上来我家和我喝一杯。她知道,我是不会去她家里的,因为我等待着他的电话。

“她从未对我的讲述发表任何意见,即使她经常好奇不已,这从某种程度上令我对自己的精神状态安心不少。她的聪颖、幽默和细腻对我而言是莫大的安慰。

“当她对我宣布她得去日本待两个星期时,我感受到前所未有的孤单。

“因为我已经有十天没有见他了。

“又一个十天过去了。

“为了打发时间,我决定重新布置我的房间和公寓,我一边布置,一边不停思忖着他是否会喜欢。

“在一次散步时,我偶然路过一家正在展览一些精美画作的画廊,其中一幅作品形状奇特,下面绘制了这样一句话:‘相信魔法本身。’

“‘你是一名女巫。’[1]他曾这样对我说过。我久久地凝视着

1 在法语中,“魔法本身”(magie sienne)与“女巫”(magicienne)一词同音。——译者注

这幅作品。

“我的兴趣引起了画廊主人的好奇。以我的欣赏水平恐怕还不能领悟这幅神秘的画作，但幸运的是，这是此次展览的主画作，画廊主人一言不发地将一张印有这幅画的海报递给了我，我对她报之一笑。

“‘您看起来很是悲伤。’她对我说。

“我仍是一笑，没有回答。她走开了一会儿，又走了过来。

“‘他会回来的，您瞧着吧。我给您两张海报，一张给他，一张给您。’

“我有些不可思议地看着她，但是说真的，没有什么能让我感到惊讶的了。

“他来电时，我正在上班，那天是周一。同事将话筒递给了我，当听到他的声音时，我怔住了。这个声音正是我日思夜想的，我甚至没有问他是怎么弄到这个号码的。

“‘我没有给你打电话……最近事情太多了，我……我明天就走了。但是，你也没有打电话给我。’‘我不想打扰你。你最近好吗？你……你要离开很久吗？’

“‘我非常好！真的非常好！’他强调，‘我想，我要离开很长

一段时间。时间不多了,如果你愿意,我们可以见一面。你一个小时之后有空吗?在巴黎圣母院公园?'

"'有空。'

"我挂了电话,这两个新消息令我的心情久久无法平复:他的来电和他的离开。

"我搭了一辆出租车。"

这时,她从牛皮纸信封中抽出了一份手稿。里面还有其他手稿,但这是第一份。

"我的朋友去日本时,我给她写了这封信。给,我誊写了一份,您可以看看。"

我把信拿到手里,如获至宝。

我是多么希望你在这里,但是,我给你写信时,已经没那么心痛了。

我收到了他的消息,是的,我收到了,昨天下午,他出人意料地打到了办公室。他对我说,他很好,非常好。不知为何,这句"非常好"刺痛了我。其实,我对原因了然于心,因为当他过得非常好的时候,我却备受煎熬。他提议去喝一杯咖啡,当然,我接受了。我在巴黎圣母院后面的公园里再次见到了他，他在那里，呼吸着新鲜空气，他对我说过时间不多了，在这次动身之前他有一大堆事情要做。当然，这残忍的现实……

我搭了一辆出租车前往公园，我身上实在没多少力气了。再次见到他，仍是这天早晨我所期盼的，但是，我期盼的是别的东西，而不是这种见面方式，不是和一个没有多少时间留给我的男人在一座公园里以全礼节匆匆会面。我走进公园，当我在这么小的公园里四处寻找他时，又怎么会找不到他呢？我远远瞧见他坐在一张长椅上，背对着我。我缓缓、缓缓地走近他，因为这几分钟对我来说弥足珍贵。他不知道我在他身后，于是我偷走了这幅画面，这幅由他的脊背、他的头发和他微微躬着的颈项构成的画面。

他面带笑容地坐在长椅上，仿佛夜空中最美的一颗星星，他一边在那本黑皮封面记事本上阅读和注解着什么，一边微微抬起头向我打招呼。“马上就好，”他说，“还有一句话。”

我站在那里看着他，他知道我在看他，树木，叶子，阴沉的天空，周围的一切都渐渐褪去，只剩他浓密的棕色头发、他俯在小记事本上的脑袋和遮住他双眼的眼镜。天地之间，只剩下他一人。

他再次抬起头来，亲吻了我的面颊。礼节，这残忍的礼节。我坐在他身侧，不太清楚该说些什么，我尚未准备好应对这样的客套场面。"你最近好吗？那么你呢？但是……"我不想和他这样寒暄，这实在令我难以忍受。

"唉，"我对他说，"你消失了……"

"是的，但是你预料到了，不是吗？"他回答道。

于是，他向我解释，他很少向他的朋友透露近况。我对他说，我们的关系不能与其他关系相提并论。我终于说出了这句话，聚足的勇气途经我的大脑，消逝于我的唇间。我的大脑僵住了，同时警钟大作，因为希望的破灭而陷入一片混乱。

"是吗？"他回答道，"为什么？"他开始虚张声势。他棕色的、鬈曲的、光滑的、柔软的、我的手几乎无法从中抽离出来的长发，已然变成了黑色鬈毛狗的毛发。他装腔作势地汪汪叫着："你在说什么呢？我不明白。你从没像我们这样和别人约会过吗？不，这没什么好奇怪的，一切都再正常不过了，你对我说的话真有趣，啊，你可真有趣！"

我默不作声，像个傻瓜。这段持续了短短二十一天的弥足珍贵的爱情最终流于平凡。他开始虚张声势，我却并未配合他。

“我冒犯到你了吗?”他的眼神仿佛一只落败的狗。

“还好,”我回道,“还好……”

我变成了这只狗的玩具球,我跳到左边,跳到右边,我将滚到长椅的下面,我将被人遗忘。

“这就是我打电话给你的原因。”他对我说,“我觉得自己应该这么做。不告诉你我的消息,这样不太好,不是吗?我不会就这样离开的,总之,你也可以打电话给我……总之,是的,很明显,当一个电话背后暗藏某个象征,这就变得更复杂了。但是,为什么这个电话将是有象征性的呢?”

我是一个玩具球,这只狗的玩具球,我在这座满是灰尘的公园里弹跳,我身上布满灰尘,不合时宜的情感令我变得脏污,我满身沙粒,四处游荡。

“我们去喝一杯咖啡吧。”他对我说,“天气真冷。”我跟在他身后,我走到他身侧,我越过了他,心底一片麻木。我既不冷,也不热;既不好,也不坏。时间在塞纳河的这一畔静止了。

“我重新布置了我的房间,我清理了所有的红色,一切都变成了白色。”我必须再做些补充,以表达得更清楚,“我重新布置了房间,我想清理掉你的影子,我将房间布置成了白色,为了再次迎接你的到来。我无法再忍受红色,红色代表着亲吻和并不存在于我们之间的爱情,白色更适合婚礼和葬礼。我深切感觉到,你将我抛在了痛苦之中,使得我再也无法谈婚论嫁。”我的脚步万分沉重……

“那你应该像一个天使一样睡在里面。”你不会相信他居然会这样说,一个天使……

“我们坐下吧。”他微笑着对我说。啊,他仍旧安之若素!啊,我的人生是多么幸福!他认为我精神不错,多么讽刺。一切都很好,他如是向我说。他明天就动身去其他大陆,他的事情都已经安排妥当,他心情好多了,他为离去感到高兴。他结束了所有该读的书,他结束了他的戏剧课,他结束了工作。“结束”,是的,这两个字再准确不过,一切都结束了。他可能9月回来,他自己也不十分清楚,但这又有什么大不了的呢?

而我呢?他希望我对他谈谈我自己……我艰难地出声,我的嘴唇重如千斤。我们该如何说话?我们该说些什么以示礼貌?

“我的……工……作很顺利,我还……没有筹……备我的假……期。”令人感到安慰的是,话语从我嘴里说了出来,这很好,我踏上了正确的轨道。

“是吗?”他回道,“为什么呢?”

又是一个问题,我该回答些什么?

“我……没有……这……方面的……头脑!”这句话让他笑了起来,他把长发晃到身后,狗变回了狮子,他的鬈发摆动着。他恢复了狮子的神态,他开了口,仿佛正在伸展四肢的狮子那样低吼,他说:“那你有什么头脑?”

时间再次静止了,这一时刻在他会心的微笑中戛然而止,事实上,他什么也没有听到,他什么都不再想听,而我不合时宜的思绪在脑中纷乱地朝他叫嚣着。

这一秒再次开始流逝,56,57,58……我该回答些什么?59,60……惯常的回答?1,2,3……我的头脑之中只有你?4,5,6,7……我可怜的脑袋病了?8,9,10,11……因为你的离去而病了,12,13,14,15……因为等待你而病了,16,17,18,19……我不管看什么都带有你的影子,20,21,22,23……你的话语,24,25,26,27……脑中充斥着不合时宜的思绪。然后,我说:“我的工作。”

为这非凡的表现鼓掌,向那个失魂落魄却依旧在塞纳河畔演出的她致敬,她在完成了不可思议的后空翻之后,还能穿着冰鞋在河面上滑行。

然后,一些微不可察却真实存在的东西在此发生了,那是对于失去的绝望。失去,巨大的失去,无比可怕,绝望如影随形,充斥着我布满黏液的灵魂。我溺水了,像所有溺水者那样,我扑腾着双脚和双腿。“你不邀请我一起去那个阳光明媚的地方吗?”我终于能发声了,这是在沉入深海的黑暗之前,用尽最后一口氧气发出的喊叫。

“那里没什么事情可做,我去那里不是为了度假。”他回答道。于是,我的脑袋、我的鼻子和我的耳朵都沉了下去,现在我完全沉没了。我看不清楚外面,他站了起来,急匆匆地说:“我很快回来。”

在我包里有一张折起来的海报,你记得吗?“相信魔法本身”,这张海报像一幅挂画一样被贴在了我的房间,每天清晨,它都像咒语和符号一样唤醒我,坚定我的信心。今天早晨我带上了它,好由我来传递给他一些坚信的讯号。于是,我拿出了笔,在海报其中一面上写下几行字,然后将它插进了他放在桌上的书里。我将魔力传递给了他。这张冰冷的纸可以温暖我的灵魂，它可以驱散我肺里的水，让我得以呼吸。他回来了，留意到了它，不置一词。

“这是给你的。”

他将它放入书的深处，我送出了这最后的礼物。溺水的我找到了一块漂浮物，绝望地紧紧抓牢了它。

他该走了，好快一点儿从这次约会抽身。我们再次沿着塞纳河，不，他沿着塞纳河，我是塞纳河，我是河水，浑浊的河水，深沉的河水，我是水，是眼泪。下雨了，我拿出了雨伞。起风了。他走在我身侧，替我打着伞。这不是他从一开始就一直做的事吗？他要离开了，水流潺潺，跟随着他。他在地铁口停了下来，时间到了。

他注视着我，他的双眼久久注视着我，它们仿佛在说：“怎么样？我顺利演出了我的剧幕，我表现得很出色，不是吗？”

他低下了头，喃喃道：“无论如何，我们会再见的，我们会再见的……”

而我说：“是的，是的……”

这些话，就当听听而已吧，他在我的脸颊上印上了一个轻吻。

“现在是春天，那么，夏天见吧！”他一边转身一边大喊。我垂下双眼，伫立在那儿，仍然全身心停留在与他匆匆的会面之中。

我久久地坐在一张长椅上。在那张海报上，我为那个可能永远不再回来又或从来不曾离开的人写下了这样的留言：“不经意之间，你改变了我的人生。因此，你对我很重要，也因为这个原因，我要对你说一声谢谢。祝你旅途愉快！”

在我给你写这几行字的时候，巴黎已经没有他这个人了。行走在首都之中的棕色脑袋尽是些陌路人，我的目光找寻着他，心知这不过是枉然，我该学会不再偶然在街道上认出他的身影。浅色的帽子从此仅仅是帽子，鬈曲的头发也是如此。巴黎从此只是一个首都，我的灵魂从此只是一抹孤单的游魂。

吻你，希望你一切顺利，在那里过得快乐。

我多想陪你一起去，在东京，棕色的头发永远不会是鬈曲的……

17
他不在

隐隐约约却持续不断
我的身体渐渐感受到了他的气息

她对我说,她当天晚上就去岛附近上了第一节戏剧课,因为课程事先是这样安排的,因为这是他所希望的,因为这是于她而言又一个可以靠近他的方式。

几天之后,当她在床上苏醒时,她感觉自己的心脏跳动得极其快,极其剧烈。她相信自己就快死了,她没有感到害怕,甚至将此视为一种解脱。然后,她感觉自己飘浮了起来,离开了那里。她先是认为那是她的身体,其实,那是她的灵魂。她任凭自己的灵魂漂浮而不去左右，就这样，她再次见到了他。她感觉到了他的意识和他的心脏，他的心先是在她身旁，然后在她身体里跳动。当他们之间远隔千水万水的时候，在大剧院广场上曾经发生过的离奇现象再次出现了。当旋涡停下来时，她看见了他。天气很热，他躺在一间白色的房间里。外面夜已深，他尚未入睡，他抽着烟，凝视着天花板。他所在的房间空空荡荡的，他很悲伤。她感觉到了他的悲伤，更确切地说，他的悲伤渗透、侵袭了她的灵魂。他在想她，而她来了。

然后，她看见他笑了，他知道她的存在。她感觉自己再次离开了。当她睁开眼睛的时候，她重新回到了自己的房间，回到了自己的身体里，她的内心很平静，同时也感到前所未有的痛苦。

从那天起，夜晚，甚至白天，这种现象时时造访。她可以看见他走上楼梯，穿鞋子，睡觉或者和他人说话。她既不认为这是她的幻想，也不认为这是她的梦境。有时，她希望这种现象能够停下来，却不知该怎么做。有时，她迫不及待地等候着这些她从现实中窃取来的关于他的消息。她认为自己失去了理智，她向她的朋友透露了一些情况。但是，她的朋友并未表现出过多的惊讶，她向她保证会帮助她，却没有细说会怎么做。

我注视着她仿若再度经历这些晦涩时光的脸庞，这一残忍而荒诞的离去从她的眸光之中呼之欲出，这双眼睛想必也曾泪眼蒙胧。

我注视着她交叠在一起的双手，它们随着她对绝望的叙述而紧紧拧在了一起。

在这一刻，我感到了一阵漫无边际的疼痛，为了她，也为了我自己。因为我从未经历过她对我所诉说的情感，但是，我意识到这是我一直渴求的。

她继续对我讲述，她尽其所能地度过了那些夜晚，她一杯又一杯地灌酒，一根接一根地抽烟，试图赶走内心的焦躁。这些香烟的用处正在于此，为了消磨时间，为了打发这段空洞的时日。抽烟时，她专注地想着一些东西，这些东西是她自己心底的躁动，她就此在身体外燃烧着在体内无法消耗的东西。每一分钟的流逝都在叫嚣着这份缺失，她在无法逃避的时间里寻找他的身影。她恨不能将他从自己的灵魂中抹去，宁愿和他共度的时光从未存在过。同时，她又无法离开他而独活，她的思绪似乎完全侵占了她。她已身不由己。

有时，她还是迫不及待地等待夜晚的降临，期盼着备受折磨的精神能够得以休息，期盼着这个不再受他侵扰的时刻最终来临。这份恩典终于降临到了她头上，早上一醒来，她便决定将一切都结束。多么天真的决定！她强制自己遵循这个异想天开的规则，将他从思想中驱逐。但是，这由不得她，他的形象还是投射在巴黎的城墙之上。她穿过马路，追踪着拥有棕色鬈发的脑袋，她会根据目光甚至步伐而追随一个类似他的身影。而一天结束时，她虚假的决心便不攻自破，他的脸庞再次出现在她的睡梦中。

“我该怎么做？怎么抵抗？”她对我说。

他在地球的另一边，她身不由己地再次追寻着他。而他回来之后又会是什么情景呢？

从他们可遇不可求的初次见面，她便体会到了这种恐惧。她害怕不得不在这个没有他的世界里独自活下去。在认识他之前，她就已经极度想念他。

她的灵魂已然发生了转变，她已经不再是那个她，永远也回不到从前。他用热切的嗓音和仿佛浇灌在她思想上的、蜂蜜般的滔滔话语，唤醒了所有隐藏在她体内的东西：对文字和音符的渴望,对知识和看透一切事物的渴望。她把头抬得更高,看见了天空、月亮、云朵以及点缀在不知名建筑上的雕像。这些神奇的雕像似乎在和她说话,时刻提醒着她,他在那里,一直都在那里。他似乎在那里,却又不见踪影。这种荒诞的想法令她沉浸在几近疯癫的矛盾中。

这个她一直追寻着的人,拥有完美的灵魂、双眸和双手。这双手指节分明而又柔软,正是她每次向陌生人的双手投去匆匆一瞥时所渴望的,那些手从未如此饱满,从未如此称心。然而,这个她魂牵梦绕的人并不在这里,更糟的是,他不愿在这里。从此她该如何生活下去呢?除非有一天,是的,可能有这么一天,他会重新回到她身旁,她可以再一次凝望着这张脸,这双手,这双令她激动落泪的手。

但是,这些想法令她害怕,因为她知道希望的残酷。有了希望又会怎样?希望难道会永远存在吗?厌倦和失望难道会来拯救她,将救命药膏涂抹在她酸涩的思绪上吗?她无法说服自己,因此,她开始畏惧一条早已预料到的出路,一条可怜的、极度悲怆的出路。怎样凭借唯一的回忆离开这个不堪一击的堡垒呢?她感觉时间无法像往常一样完成它的使命,它已经偏离了轨道,它已经不复存在,无论身在何处,她总是根据陌生人的眼神或不及他优美的身姿,穿越大街小巷追寻着他。她感觉他始终都在那里。

18

达拉

看着时光一去不复返

她继续说道:“在他离开大约一个月之后,我的朋友对我愁苦的脸、暗淡的蓝色双眸和惶惑不知说些什么的嘴唇深感同情。她也曾经历过这样心神俱乱的时刻。她对我说,她将带我去见她未来的守护者,除此之外却没有再多言。我记得那天她笑意缱绻,她微笑着为那个愁眉不展的人打开了她小心翼翼守护的秘密大门,希望她能够重新绽放笑颜。

“一天下午,我们本该去编辑部,她却拉着我的手来到了一条冷冷清清的街道。

“在一栋破败的大楼前,她敲响了门房的小屋,我就这样认识了达拉。

“我走进了唯一的房间,里面堆放着各种杂物和一些老旧的家具,一张老式缝纫机醒目地摆在中间。衣服几乎挂得到处都是,套装、裙子、衬衫,它们唯一的优点大概就是遮掩了这间屋子的简陋。我留意到角落里有一件茶饮加热装置,根据几样小摆件,我推断达拉是斯拉夫人,这一点也从她鲜明的口音中得到了证实。

“‘这位就是我向你提起过的女士。’我的朋友对她说。

“我礼节性地一笑,她并没有回应我。

“她不知从哪里拖出了两把椅子,我们靠着她坐到了缝纫机前。

“‘我去煮点咖啡。’她说道,嗓音粗哑。她从放在桌上的盒子里拿出一根香烟,盒子旁的烟灰缸里塞满了烟蒂。

“我的朋友用眼神向我保证这个女人的善意,这在初次接触时是不容易看出来的。

“达拉既不年轻,也不老,我看不出她的年龄,可能因为她过度妆饰了自己,她的头发染了色,她胡乱搭凑的衣着令她的模样显得尤为独特。她并未显出好客的样子,这给我们一种打扰到她的感觉。她棱角分明的脸庞露出几分冷硬,有些男性化,她利落的举止加强了她的形象。

“在一室如入禅定的寂静之中,她点燃了唯一的暖炉,将一个盛满了水的老式平底锅放了上去。

“水沸腾时,她熄灭炉子,把好几勺咖啡和几块糖丢了进去。她用一把勺子搅拌着混合的液体,然后忙着从她零乱的杂物堆里翻出三个茶杯和三个茶托放到我们面前。

“她把棕色的浓稠液体倒了进去。

“‘你最近好吗?’她匆匆露出一丝浅笑,向我的朋友问道。她因此而显得和蔼了一些,可能是因为她深蓝色的眼睛变得明亮了。

“‘是的,’她回答道,‘好多了。’

“‘来,喝吧!’这个不知年龄的女人用粗哑的声线劝说着我。

“我几乎一口气喝下了我的热咖啡,当咖啡渣的苦涩席卷我的味蕾时,我的脸皱了起来。

“‘别喝光了,停下。’她的舌头发出了颤音。

“她从散落在脏污不堪、裂缝横生的瓷砖地上的盒子里拽出几张卫生纸，放到了我的托盘上。她抓住我手里的茶杯，飞快地瞥了一眼里面的东西，将它倒扣在纸上。

“‘你和我一样。’她一边说一边打量着我。

“‘她有波兰血统。’我的朋友补充道。我曾对她简单讲述过我的身世。

“‘不，不是这个，她看得到未来。’

“她拿起了我手里的杯子，开始仔细观察咖啡渣构成的图案。她看看杯子，再看看我。当她的目光再次落在我身上，我相信自己在她眼中看到了恐惧，她的眼神、她脸上的表情和她扭曲的嘴角中蕴含着某些东西。

“一开始信赖地看着她，几乎笑着听她说每一句话的朋友，突然不复初时轻松。我感觉自己观望着一出由我来扮演主角却不知道台词的戏剧。

“‘这可严重了！’这个女人一边说一边站了起来，手里拿着杯子，‘这可严重了。’她重复着这句话，抓起了一把香烟。

“我盯着她，满腹疑惑。

“‘可怜的孩子。’她喃喃低语道。

"'她遇到了一个男人。'我的朋友觉得此时最好说点什么,可能是为了打破那一刻因为这个女人胶着在我身上的眼神而愈发沉重的氛围。她像看一件稀有物一样凝视着我。

"她打断了她:'我知道,但是他不是一个男人。'

"我的血液凝固了。她在说什么?

"'你是知道的,是吧?'她对我说。

"'我一无所知。'我回答她道,'我一点都不知道,我只希望这能够停下来。'

"'你在梦里见到了他,他一直都在你身边,是吧?'

"'是的。'

"'此刻他在很远的地方,但是他会回来的。嗯……这不重要。'

"'为什么?'我全神贯注地倾听着她的话语。终于,我感觉有人识破了我古怪的经历,尽管恐惧飞速地侵袭了我,我还是感到了莫大的安慰。

"'你不明白?还不明白?他是你的另一半灵魂。你无法制止,他会一直回到你的生命之中,就是这样。这不是你的选择,也不是他的选择,但是他知道。'

“我的另一半灵魂？这些话语犹如一道闪电、一把钥匙，终于令我几个月以来的困惑和荒诞的疑虑变得清晰起来。然而，这句断言本身也是荒诞的。

“‘这是什么意思？’我借用了那个不在场的人最喜欢说的几句话之一来回答她。他常常如此，当他假装没有听懂我所说的话时，便会像孩童般眨巴着双眼问我这个问题。他比任何人都更喜欢看我阐述清楚我的思想。

“‘这意味着，亲爱的，你什么也做不了。’

“‘我会再见到他吗？’

“她再次拿起被她放在一边的杯子仔细观察起来，看看是否遗漏了什么迹象。

“‘是的，你会再见到他。但并不是这一次，要等到下一次——’

“‘下一次什么？’我声音急促地问道，即将和他重逢的想法令我激动不已。

“‘下一次生命，亲爱的。这句话是为了让你理解，下一世，应该这么说，而他知道这一点。’

“我的朋友低下了头，她似乎不愿再待在这里了。

“‘你能帮她吗，达拉？’说着，她再次抬起了头。达拉比了一个十字：‘帮不了太多，亲爱的。他给了她一道光，我们无法熄灭这道光。这不是电光。’

“盛怒瞬间席卷了我，可能是因为我已经到达了这一被动沉默的极限，无法再忍受这矛盾而剧烈的情感、这些幻象和他如形随形的存在，而这个女人所说的话如同宣判了一道死亡令。

“‘那我该怎么做？’我站起身来吼叫着，忽略了我给她们带来的惊愕，‘我该怎么做？啊？我是要孑然一身直到在回忆的坟墓中老去，还是该立刻自杀，好进入另一段人生？我们是怎么说的？该死的！’

“‘我知道，亲爱的，我知道。’达拉用一如既往的粗哑却又极其温柔的嗓音说道，使得我坐了回去。然后，我的眼泪夺眶而出，滚落在脸上，我想克制自己却无能为力。

“‘我再也受不了了。’我抱住脑袋，低声呓语道，‘我再也受不了了。’

“‘冷静一点，亲爱的，我会帮你的。我做不了许多，但是我会试一试……星期六再来我这儿，可以吗？’

“我点了点头。

“‘今天,情势不太乐观,但是上帝送了你一份礼物,不是所有人都会有这样一份礼物的。’

“‘一段坎坷的人生,这确实是一份漂亮的礼物。’

“‘不,你看着吧。周六再来。’

“我的朋友提示我该离开了,但同时要给她些东西,一枚硬币或者一张钞票。我从包里拿出了钱夹,想给她一点钱。

“‘不,你不用。’她说着把手覆在我的手上。然后,她将她脖子上的金质传统十字架握在指间。‘这是神圣的,神圣的。’她反复说道,‘我不收你的钱。’

“不接受任何报酬的拒绝令我陷入了更深的不安,因为它更加证实了她所言非虚,而她看起来对自己所说的话是如此确信不疑。从这点来看,她的预言变得更可怕了。而且,感觉自己生活在现实的边缘是一回事,而眼睁睁看着这种感觉得到证实又是另一回事。

“我们离开之后,来到了大街上,我的朋友皱着眉头,怪异地看着我。

“‘如果她说这很严重,那就真的严重了,我从未见过她这

样。你周六会回来看她吗?’

“‘我不知道。’我回答道,仍然因为这次会面而心乱如麻,‘你认识她很久了吗?’

“‘从我孩提时就认识了,但是……’她踌躇不语,然后最终还是加了一句,‘她从未弄错过。’

“这句断言显然并未使得我从刚才的经历中解脱出来。

“‘来吧,你现在没法工作。去喝杯伏特加?’她坚决提议道。

“‘伏特加!’我强迫自己用相同的语气回答她。

“我感觉自己什么事也做不了,只能借助酒精麻痹自己。

“接下来的几天,达拉的话语一直在我耳边回荡,最终,我迫不及待地等候着周六的到来。

“几个月的时间里,我每星期都去拜访她一次,经常是周末的时候。在她身边,就像在他身旁一样。我逐渐忽视了她住所的简陋,从她的友谊、她的善意和她的咖啡中感受到了温暖。

“她对于茶杯和咖啡渣不变的习惯令我安心,她用一种并不常见的洞察力预测着未来,但是她的建议也完全合乎情理。

“许多人为此付钱给她,但是她从不接受我的一分一毫。

有时,我会带些巧克力和鲜花给她。

“我知道她并不富裕,但是她所拥有的人生智慧使得她比大多数男人都富有。她的人生曾经十分坎坷,但是她从未对我多说什么,只透露了只言片语。她的丈夫走了,她的儿子远在他方。

“不久之后,我领悟到自己在她那里找回了儿时的一些东西。她的衣着,她的缝纫机,那永远围绕着她的杂乱无章以及她斯拉夫人的灵魂使我想起了自己的血统。我感觉她像一位母亲,只有她能够真正理解我。

“她使我渐渐学会驯化那些纠缠着我的幻象,让我不再害怕它们。‘他会回来的。’她对我说,‘但是,你明白我曾对你说过的话……时间对于你和他是不一样的,不一样。’

“我不想明白她灌输给我的这些东西,对我而言唯一重要的是,他会回来,我会再见到他。我希望她弄错了,即使她的其他观点向我证明了她几乎不会失误。

“尽管她愿意指明我的职业方向,或好心提醒我避开他人的嫉妒,或向我预言一笔收入,但是关于他,她却绝口不提:‘你知道,我没什么好说的。倾听你的内心,你就会明白。当你感

到他走远了，呼唤他，他就会回来。’

“不，其实并不是这样的，因为我常常被疑惑、恐惧以及失去他的心碎侵袭，再也无法呼唤任何人，只能凝固在自己的痛苦和等待之中。

“一天，她给了我四个装满水和草的小玻璃瓶以及四支白色的蜡烛。她让我在星期天晚上沐浴，并将一个瓶子里的东西浇在头上，然后点亮一支蜡烛，任由它一直燃到第二天。我必须连续四个星期天重复同样的操作。

“我十分好奇，询问她这样做的用意。

“‘为了那道光。’

“‘什么光，达拉？’

“‘上帝之光。’

“于是，我照着她的指示去做，因为只要是她说的，我都不做评判，全盘接受。四个星期之后，我确实瞧见了最初的微光。”

19

征兆

永远不要忽略这些征兆，它们是你的力量，你的法则，
你唯一的后盾，你的信仰之光

“巴黎不大，周末的时候，我常常徘徊在我们曾经一起走过的地方，有时有心，有时无意。不过，我偶尔会去他家楼下，抬起头瞥一眼他家的窗户。我只是期盼着他的归来，尽管心里清楚他并不在那儿。清晨，我总是在这里喝咖啡，不抱任何期望，但是，我却感觉他就在我身边。

“我时常哭泣，泣不成声，但有时候，光是想到与他相识一场，知道他存在于世间，我的心中就盈满了无限的幸福。

“一个星期天，我的朋友过来找我，我们穿过大桥，沿着塞纳河左岸漫步。天气晴好，我们心中升起纵声欢笑的冲动，我想忘记我的痛苦。那一天，除此之外，我别无所求。她激发了我的幽默感，她自己也对此感到有些意外。当我戏谑地模仿为情所困的样子自嘲时，她被逗得哈哈大笑。我从中窥视到了自己可能会愈合的征兆。

“旧书商们坐在阳光下，我强迫自己不去联想那一时刻、同一个场所以及和他在一起的记忆。我驱散了从回忆里冒出来的画面，专注于现在的时刻。

“我的朋友驻足在新陈列的书架前，一开始，我有些踌躇不前，然后，我竭力跟随她浏览着陈列作品，好让自己的行为跟随思绪的脚步。走到第一个旧书商的第二个书架前，我的心脏停止了跳动。

“我拿起了一本年代极为久远的《少年维特的烦恼》，这个版本甚至比他曾经找到的那本更加精美。这本小小的厚书出版于19世纪初，皮质装订如人所愿地被磨旧了，依稀间仍然可以看出上面鎏金的痕迹。在发黄的上等纸张上，每页左边的文字是德语，而右边是法语。它的尺寸让它看起来像一本弥撒书。我没有意识到自己开始战栗起来。

“我的朋友一脸无忧无虑地走了过来，而这种无忧无虑早就已经离我远去了。

“‘你找到什么了吗？’她打量着我，‘怎么了？’

“我手上捧着这本书，一言不发地看着她。她拿了过去，翻阅着里面的内容，并未发现什么特别之处，用不解的眼神看向我。

“‘这是我找了很久的一部作品。’我轻声对她说。

“‘那就买下吧。’她回答道。

“‘不，下次吧。’

“我把书放了回去，将这视为一个具有象征意味的举动。这一切必须停下来，我必须摆脱这可怕的影响，它扰乱了我一天的轻快心情。那一天，我只想享受当下温暖着我肌肤的阳光。把书放回书架之后，我仿佛赢得了首次胜利，一个可能存在于未来的胜利，这个未来或许没有他，但也可能有他。

“‘走。’我对她说，‘太热了，我们去喝一杯。’

“我故意绕过好几个星期之前我们曾经光顾过的咖啡馆，而选择了更远的一家。

“那一天继续流逝，我们去了电影院。晚间，我们在巴士底狱广场附近吃了晚餐。当我们坐在露天座位上时，一个男人走了过来，坐在了我们的邻桌。他有点像他，波浪形的棕色头发，略带几分神秘的黑色眼睛，相同颜色的衣着。但是，相似的地方仅限于此。因为，他整个人的与众不同似乎是他有意为之，而不是来自天生的优雅。

“他偷偷打量了我们好几次，我很快明白，他想要上前搭讪。趁着我的朋友暂时离开的功夫，他和我攀谈起来。

“他说他是一名导演，经常在德国工作。我对他说我表演戏剧，并表明这只是一个业余爱好，因为我不得不说些什么。

“‘我的朋友回来了。’我留意到这一对话并没有令她不快，她很快加入了我们。毕竟，她单身一人，这个人的故作姿态或许吸引了她。我故意躲在一边，把话语权留给她。

“当侍应生将账单拿来时，那个导演要把他的电话号码留给我们，为了下一次的见面。她接受了。

“‘您叫什么名字？’她问他，因为我们尚未做任何自我介绍。

“‘维特。’他回答道。

“当我听到这个名字时，正弯腰去拿放在地上的包。我难以置信地直起身子，以为自己听错了。

“‘您说什么？’

“‘维特。’他重复道，‘其实，这是我的艺名，但是所有人都这么称呼我。此外，今天我逛了旧书商店，找到了一本极漂亮的关于我的烦恼的书。我收藏了它。’他一边说着，一边从他鼓鼓囊囊的外套口袋里掏出了我几个小时之前放回去的那部作品。

“‘哎！看哪！’我的朋友惊呼，‘这是你想要的那本书！’

“‘真的吗？’他看着我说道，‘我，我很荣幸把它送给您。’

“我一言不发，脸色苍白，愣在当场，双眼盯着那本书。

“我拿起包，站了起来：‘您太客气了，但是我不能接受。’我对惊讶于我突然离开的朋友说：‘我该走了，明天见。’

“然后，我头也不回地落荒而逃。

“我疲惫不堪，拖着沉重的步伐回到岛上。我无法逃离他，而且，根据达拉所说，即使死亡也无法给我带来安宁。那一天，我决定不再抵抗，我甚至连抵抗什么、抵抗谁都不知道。我该认命，这只是个开始。

“当我在一堆拍摄于哥伦比亚的照片中看到他的身影时，我就不再抵抗了。这些照片从办公桌上的一份卷宗里滑落出来，我当时只是想起身帮我的同事把它们捡起来。里面的大多数照片是在麦德林一则关于毒品非法贩卖的报道中拍摄的。当时，我的同事在一辆开往波哥大的火车上，他趁机拍摄了这些照片。他在那里，我认出了他，在照片的左边，他正眺望窗外。在他旁边的靠背座椅上，一个哥伦比亚女人和她的孩子们正面露微笑看着镜头。我蹲在地上一动不动，无法将视线从这张照片上移开。然后，起身时，我拿着这张照片，问了我同事一些问题。我对他说这张照片拍得太美了，询问他我可不可以留下它。他看上去很惊讶，但是他同意了。他对我说他还有好多别的照片，老实说要比这些漂亮得多。据我对他的了解，他们只留了一两张准备出版，这些照片不在其中。

“那天晚上，我揣着一个小小的珍宝回了家，几个小时的时间里，我的目光一直流连于他的脸庞、他的衬衫、他的长裤、他的手臂、他的侧颜、他的鼻子和他的双眸，我看不见他的眼神，但是我想象得到。

“在我入睡的时候，我期待着看到照片活起来，却没有得偿所愿。

“一天,我坐在这里的露天座位上喝咖啡,在盯着大桥出神时,我再一次陷入对他极度的思念中,思忖着他什么时候会回来,我尝试着像达拉那样解读我杯子里任意一个可能预示他归来的形状,我甚至不再为此感到惊讶。我清楚地从里面的轮廓中看到了两个面对面的身影,三颗星辰悬在他们的头顶上,如满月一般,呈现出三个完美的棕色圆圈。我从中推断,我还得等待月亮的三次圆缺才能再见到他。当天晚上正好是满月,我的确需要再忍耐三个月的周期才能够与他相遇。”

在我怔愣的目光中,她继续说道:“是的,我知道这一切对您而言显得有些荒诞。同样荒诞的是,有一天我发现我能够预测即将发生的事情,先是别人的,然后是我自己的,我只须聆听自己的直觉。

“第一次是发生在我的朋友身上,她打了我办公室的电话,提议晚上和她一起吃饭。

“‘今晚不行。’我对她说,‘你要见一个对你很重要的人,一个在寻找你的人。’

“这些话始料未及地从我嘴里冒了出来,我甚至不明白它们的意思就脱口而出。

"'谁在找我？总编？'

"'不，我不知道，我是说今晚你没空。'

"两个小时之后，她过来找我，对我说她接到了她哥哥的电话，他们已经有八年没有见面了，她当天晚上要为了遗产的事宜和他会面。

"'你是怎么知道的？难道真像达拉说的那样，你看得到未来？'

"是的，关于这一点，她同样没有弄错。当我对她转述这件事时，她对我说：'你从别人身上看到的事，不要声张，你的使命不在于此。好好利用你从自己身上看到的事，这对你大有裨益。'

"如她所言，这帮助了我一生。"

她问我："您呢，您知道怎么看得更远吗？"

我没有立即作答，因为我还沉浸在她的叙述中，没有预料到她会以这种方式中断。

"看得远？超越什么？"

"超越眼界，您会用心灵和灵魂去看吗？您知道如何观察征兆吗?”

“我不知道。我在工作中阅人无数,以至于我相信自己培养了一种直觉,但是这与我的阅历挂钩。久而久之,我便能够预测一些行为,甚至情感。”

“所有人都可以预见,您也可以,这就是‘相信魔法本身’的意思。摆脱恐惧、判断和自我,摆脱所有干扰您思想的东西,您就能预见未来,不管是您自己的还是别人的未来。您的灵魂一直在对您说话,但是您听不到,然而,它可以解答您的一切问题。征兆每天都在为您指明方向,但是您看不到,然而,它们为您指引着正确的道路。如果您懂得倾听和预见,您几乎不会误入歧途。这只是一个关乎信任的问题,信任您自己,信任宇宙。因为您要知道,一切总是为了更好的际遇,甚至更坏的。”

从她的嘴里听到我在她暂时离开时发自内心的感慨,真是件奇怪的事。“一切总是为了更好的际遇”,的确如此,但是,“甚至更糟的”,我并不确定。我将这一想法告诉了她。

“是的,甚至更糟的。”她回答道,“因为,只有痛苦才会迫使我们学习和转变。安乐令我们停滞不前,而痛苦则令我们不断成长,因为我们试图规避痛苦,甚至使我们转变。如果您将人生中的每一个不幸都看作一次见习，那么，您会发现，不幸将不复存在，只有教训。每当您被一些事物搅扰和折磨，甚至压垮时，扪心自问：‘我能够从此次事件中学到什么关于他人、关于自己、关于这个世界的东西？’这样，您便能够与天地共舞。我对您所说的魔法存在于您的身体之中，存在于我们每个人的身体之中，只须为它打开大门，指引道路，魔法便会降临您的意识。我的际遇太过强势，以至于它令我别无选择，但是您可以由自己决定为它开辟一条道路。您认为书籍、画作和音乐的用处是什么？供我们消遣吗？不，它们的作用是为我们打开一道缺口，令我们看得深远。今天，我为了同样的理由对您讲述这些。父母应该教会他们的孩子这一点，这比教会他们走路有用多了。他们对孩子解释如何闭着眼睛将一只脚伸到另一只前面，那么教会他们看见光明，不伤害自己就足够了。”

在这一刻，我想到了我的母亲，她教了我很多东西，但是不包括这一点，因为，我曾多次、无数次地碰壁。至于我的父亲，我从未见过他。我没有对她提起这一点，但是我们拥有共同的缺失，或许这是我们之间存在默契的原因。

“您在想什么？”当我沉浸在自己的思绪中时，她问道。

“想我的母亲，她是一个了不起的女人，但是，我很晚才发现这一点。还有我的父亲，我从未见过他。这份缺失对我而言就像一副枷锁，尽管我试图摆脱，它却存在于每一个我遇见的男人的臂弯里。”

“又一个理由。”她对我说。

“又一个什么理由？”

“睁开眼睛的理由！因为您没能学会直立行走，您想必经常摔跟头。”

是的，的确如此，我经常摔跟头。

而今天，我感觉她是扶我起身的那个人。

20
三场相遇

但愿岁月抹去爱情的姿态

“正如我对您所说，冥冥之中，一切总是为了更好的际遇，如果您与宇宙共舞……这是随后的夏天发生的事。

“我经历了三场初现端倪、待将完成的相遇。时间予以我洞察力，让我于今时今日领悟到，这三次相遇都是命中注定的。无论如何，与您不期而遇的人绝非只是偶然出现，正如您并非偶然出现在他们面前一样。他们的话语、他们的出现、他们的行为总是蕴含着深意，或微乎其微，或彻彻底底地改变了您的人生方向，有时您甚至意识不到这一点。此外，您的意识常常很晚才会在您与他人的道路之间架起桥梁,将你们联系在一起。

“三个男人就这样每隔一段时间,相继进入了我的生活。确实,在当时我无法与他们建立任何联系。

“一天早晨,我听到楼上的公寓传来声响,有人搬动家具,有人将重物放在木地板上;楼梯上人来人往,有男人说话的声音,接着便归于寂静。晚上回家时,我听到了一段音乐,是小提琴的声音,有人在我楼上练琴。我从中推断,楼上应该是来了新的房客,他想必是一名音乐家。整个晚上,我都在倾听他的演奏。有时,他的乐曲会突然变奏;有时,他会孜孜不倦地重奏同样的曲调,但是技艺始终不失精湛。尽管传入我耳中的声音被隔板弱化了,我还是能够从他的演奏中感受到纯净与美丽。那天晚上,我在小提琴的音乐声中入睡,疯狂地渴望触摸我的钢琴。因为,正如您所知,一个正在演奏的音乐家总是呼唤着另一个。

“这是我从第二天开始做的事。一下班回到家,我就把包扔在床上,迫不及待地触碰键盘。

“我连续弹奏了一个多小时不同的曲子,然后,我无意识地任由指间游走，只专注于整体曲风的和谐。

“我刚刚停下，楼上的小提琴就用一连串急促的音符附和了我，我以相同的音调做了回应，选取了一段仿佛在模拟持续讨论声的托卡塔曲。我们就这样通过各自的乐器交流到深夜，真是一段美妙的时刻。

“接下来的两天，他没有演奏，尽管我每隔一段时间都用我的乐器传唤他。第三天回家时，我再次听到他的演奏，他总是练习一首同样的曲目，这令我猜测他应该有一场公演。当我准备以一段最近练习的曲子来回应他时，我听到了门铃声。

“他来了，站在门边，手里拿着小提琴。如果他手里没有小提琴的话，我永远也猜不出这竟会是他。他个子小小的，将自己装扮得像一个牛仔，这和他的年龄一点都不相称——他应该有60多岁了。他头发粗直，脸庞有些暗沉。

“‘我来看看钢琴家。’他操着一口浓重的英语口音说道。

“‘是我。’我微笑着回答，‘来杯咖啡？’

“‘荣幸之至，女士。’

“他进门后，我对他说：‘您昨天缺席了。’

“‘啊，昨天，我们在普勒耶尔音乐厅演出。’

“我没有猜错，他是一位高手，尽管我很难想象他穿着礼服的样子。

“我们就这样开始以琴会友。他只在巴黎待几个月，因为他在这里担任一个著名乐队的替补。一个星期里，他演奏一到两个晚上，剩下的时间，他都在练习。他的母亲是英国人，父亲是印度人，这使得他成长在社会的边缘。音乐满足了他形形色色的需求。他的人生总是四处游历。他憎恶羁绊，只有过一次匆匆结束的婚姻。

“不过，他的小提琴声很快便不再像以往一样经常洒满楼道了，因为他喜欢女人，一如喜欢音乐那般。我有时会震惊于他在她们之中获得的成就。但是，他向我阐明，他的技巧就像磁铁一样吸引着她们。他有时会同时与好几个人约会，这给他弄出不少闹剧。但奇怪的是，她们总是会原谅他，他的性情唤起了她们全部的宽容。

“他古怪，有趣，极其爱唠叨，但是当他开始演奏时，就变了一个人。他的双眼紧闭，他的脸庞变得如孩子般光洁，但是他的五官仍然带有老者的端肃。他蓄满力量的指尖在琴弦上颤动，使得时间静止下来，他的小提琴仿佛开始呜咽，一切都不复存在。

“他每次去琴行都会询问我对他的乐器音质的看法。渐渐地，我察觉出了差别，虽然微乎其微，却真实存在。音色有时会更圆润；或者更响亮，幅度更大；或更尖锐一些。他像一名完善着自己作品的雕刻师那样调整自己的乐器。我对这些事情并不在行。

“一天，他邀请我去巴黎的一家音乐厅听他演奏。我看见他坐在其他小提琴手之间，在最后一排。我本来设想这会是他的独奏，想到他永远也无法独奏，我就为他感到难过，他辉煌的时刻已经过去了。担任主角的是一名矫捷的年轻人，我当然无法从他同僚的音乐中分辨出他的乐声。

“有时，他会邀请我共进晚餐，因为他喜欢烹饪。我在上楼的时候就已期待他在晚餐结束之前开始的演奏。这些额外的时光减轻了我的痛苦，照亮了我的等待。

“当我们之间的隔板不复存在，我就不敢在他面前碰我的钢琴了。在如此精湛的才艺面前，我知道自己的手指太过笨拙，而我的曲目也太有限了。我从未与任何人共奏过，也没有在任何陌生人面前弹奏过。对于此道，我离优秀还差得远。

“他留给我一些考虑的时间：‘您不弹了吗？’

"'我更喜欢倾听您的演奏。'

"'您害羞了吗？一位音乐家永远都不该害羞，否则就没人演奏了！'

"'和您一起演奏的都是最杰出的钢琴家……'

"'因此这是我对您的尊重，亲爱的，您不应该拒绝。'

"我带着一个新人的局促坐到钢琴前，开始腼腆地弹奏一段普通的奏鸣曲。

"'哎呀呀！'他一边嘲笑我一边嚷道，'哎呀呀，弹得多好呀！'

"我目光嗔怪地看向他。

"'我知道您会弹奏不一样的东西，来吧，忘了我的存在，帮我个忙。'

"我弹了一首别的曲子，动作稍微灵敏了些，但还是显得笨手笨脚，我没能够弹完。

"'必须来杯酒！'他说，'我马上回来。'

"那天晚上，在威士忌的作用下，我们共奏了几个小时。酒精让我摆脱了拘束，我为他呈现了我所有的曲目，其间，他俏皮地即兴创作。他使我懂得，分享音乐要比音乐本身重要得多。

我们一起演奏了几个难忘的夜晚。渐渐地,他引领我步入了禁忌的领地——肖邦和拉赫玛尼诺夫。在几个星期的时间里,我独自一人匆匆瞥见的东西变得明晰起来:我可以入侵音符,正如它们入侵我一样,我们可以融为一体。

“一天晚上,第二个男人在报社的门口出现了。这是一位穿着旧雨衣的老人,他身形高大,站在人行道上,竭力挺直身体。他花白的头发梳到脑后,他的脸并不难看,但是他的鼻子过于突出了。

“他似乎在等谁,还没等到,眼睛一直盯着从大楼里走出来的人。几个月之前,或许我不会留意到他,但是,在这个人生中无比特殊的时刻,我不会放过一切蛛丝马迹,或者更确切地说,一切都会引起我的注意。

“我装作在包里翻找东西的样子,以便留意他的目光是否一直停留在我身上。时机到了,我走向他:‘您在找人吗?’

“‘是的,女士。’他回答道,‘我在找写这个的人!’尽管他的嗓音略带愠怒,他的语气仍然保留了几分温和。

“他手上拿着一页撕烂的报纸,出自我们报社。一篇评论一部几周前出版的书籍的文章映入眼帘,而我正是这篇文章的作者。

"'是我。'

"他看起来很吃惊,可能是相比他的年龄而言没有预料到我会这么年轻。很快,我想起自己曾尖刻地评判一名年轻作家,他以个性而新颖的文风受到媒体的大肆褒扬。在这篇文章里,我抨击了他的首部作品,认为尽管简化和现代化同时融入了我们的社会,但是如果它们同样融入文学世界的话就太遗憾了。我以坚持不该混淆平庸和现代化作为结语谴责了作者,并断言他从哪方面看都和艺术家相去甚远。

"'您将他评价得一无是处,您说的这个人是我儿子。您是谁?可以这样评判作家?!'

"'我很抱歉,我怎么想就怎么写,不偏不倚。'

"'不偏不倚?你喜欢别人以这种方式评论你吗?看来,你是不会受到别人的评价的。我料想你从未写作过,除了这些咄咄逼人的报刊小文章。'

"他的表达很流畅,但是他的呼吸受到激动情绪的影响,变得急促起来。我为悲愤、年迈、站在人行道上的他感到难过,我哑口无言,不知怎么作答,我确实从未写作过。

"'您有什么事吗？'

"'我想看看写这篇糟烂文章的人。我没想到她有一张天使的脸庞，但是，尽管你有天使的脸庞，你却没有翅膀。'

"我清楚地记得这句话，因为它很美，美得令我觉得他一下子变得和蔼起来，尽管他在发火。

"'我请您喝一杯咖啡吧。'我突然发现自己向他提议。他有些意外，但还是接受了。他有太多话需要说。

"他向我解释，他儿子的作品问世几周以来，一直受到颂扬，但是他在读了这篇文章之后，便患上了精神抑郁。他承认他的儿子一直患有循环精神病，可是这一次，他真的很担心，因为儿子的病情恶化了，可能需要住院。他对我说，这一评论给随着书籍出版而狂热的媒体泼了一盆冷水，而他的儿子无法承受这一点。

"我真诚地请求他的原谅，并表示没有想到自己写的东西会造成这样的影响。

"'但是，您写作就是为了供人阅读的，不是吗？此外，您究竟为什么要写作？'

"'因为除此之外我别无长处，因为我喜欢写作。'

"'那这篇文章呢,您喜欢吗?'他一边问我,一边看着他放在桌上的报纸上的一个片段。

"'我喜欢写作的过程,但是不喜欢它造成的后果。'

"'那么以后,永远想着您的读者,想想您的作品对他们的影响,我一直就是这样工作的。'

"'您是记者吗?'

"'我是作家。我的儿子想要效仿我,我想他一直在各个方面和我做着比较,甚至在他小的时候,他就一直想要战胜我,无论是用篮球,还是手中的笔。'

"'您叫什么名字?'

"我没有听过他的名字,我得知他曾在任职哲学教授期间同时发表过三篇论文。

"'为什么您只写刊文,不写别的东西呢?'

"'我不知道怎么写故事,我没有小说家的灵魂。'

"'那就写历史。总之,写您想写的东西,但是别再利用其他人给您磨笔了。'

"我们交换了电话号码,几天之后,我打了他的电话询问他儿子的消息。他将住院六个多月。在那段时期里,我们一直见面。他来报社找我,然后我们出门坐在公园或咖啡馆里。我决定再也不写评论了,我开始撰写我的第一部作品。我给他看了我写的第一章节,他觉得'有点意思',这令我有些灰心。

"'您为了谁而写?'他问我。

"我简单地向他讲述了我在等待一个男人,我满腔热忱地等待他的归来,可能我是为他而写。

"'这就是问题所在。'他说,'为您自己而写。'

"夜以继日地评注、删改,扔掉大把的白纸,这就是我所做的事。当我能够像他说的那样写作时,我写了我的第一个历史故事。我就此意识到,我可以入侵文字,正如它们入侵我一样,我们可以融为一体。

"至于第三个男人,我在我的第一节戏剧课上遇到了他。我们同龄。他个子高大,棕色头发,身材修长,吸引着女人们的目光。但他似乎发自内心地对此视而不见。我们扮演一对相爱的伴侣。授课老师忽然将我们分到一组搭戏,这给我们之间创造了小小的默契,这种默契不是靠交换三言两语或者一个微笑就能培养出来的。

"我对他为什么来这里一无所知,然而,这却是老师的第一个课题：‘你们做自我介绍：名字、年龄、职业、出现在这里的原因。在你们所说的话中，将至少有两个错误的信息。不要让人看出是哪些。’

“我记得我说自己是一名护士，稍微报小了年龄，而当他问我来这里的原因时，我回答说：‘为了离我爱的人更近。’

“我记不清他自我介绍时说了什么，但是很明显他在说谎。

“这不是因为他很矜持或腼腆，他大部分时间似乎都沉浸在另一个我无从得知的世界里，当他走出来时，需要好一会儿才能回到我们中间。他的语速总是很慢。在开始的几个星期里，我们几乎没有说过话，只交流了一些台词，而他有时很难入戏。

“之后的一天，当课程难以进行下去时，他邀请我去剧院对面喝一杯。

“令我大为惊讶的是，他是一个极为健谈的人。他是孤儿，和我一样。他父母是犹太人，死在了战乱之中。他什么也不记得了。他在乡间度过了童年，由一对酒鬼夫妻抚养，他们对他不闻不问。或许是因为这个原因，他总显得魂不守舍。

“他干过各行各业的活计，然后他去了以色列的一个基布兹[1]，但是他不愿留在那里，于是他回到了法国，一边继续他的学业，一边打零工维生。尽管他获得了文凭，却从未找到除了搬家工人和侍应生以外的工作。

“我为他的勇气感到震惊。

“‘你呢？’他问我。

“我对他讲了些我的故事，指出了我们童年的相似。

“他很好奇我在第一天说的参加戏剧课的原因：‘真的吗？你是为了一个男人来这里的？’

“‘对，这是真的。’

“‘我不相信爱情，也不相信婚姻。这只是些从童年起就被灌输给我们的蓝图。水母无须和谁搭伴就能生存，猫不会结婚，自然现象说明了一切。’

“这次交谈拉近了我们的距离，我们的表演也更有默契。

“不久之后，在一次去看达拉时，她对我说：‘有一个男人在看着你，他想要你。一个棕色头发的大高个儿。’

“‘你知道的，达拉，这不可能，你知道我在等他……’

---

1 基布兹，以色列的一种集体社区，过去主要从事农业生产，现在也从事工业和高科技产业。——译者注

“‘是你自己说不可能。这无伤大雅,你该给自己找点乐子。亲爱的,这就是生活。’

“‘我无意给自己找这样的乐子。’

“‘好吧。’说着,她习惯性地抬起眼睛,‘你看着吧。’

“两个星期后的一个星期天,我们在一个广场上碰面,练习我们的剧本。即使我们只是业余爱好者,老师也让我们明白,来这里不是为了荒废时间的,我们在课堂以外的地方练习才能进步。

“在两个小时的连续朗读之后,我向他提议去我家吃晚餐。我知道他手头不宽裕,他不会邀请我去餐厅。他在路上买了一瓶酒。

“在小厨房里揉面时,我的目光停留在了他结实的手臂上,然后又转移到了他的胸膛上。他撩起了身上穿着的衬衫,他的皮肤晒成了古铜色,显得很放松,几近诱惑。出乎意料的是,我感到了一阵触摸他的欲望。但是我什么也没做。

“我们一边吃饭,一边聊天。天色渐晚,酒瓶一空,他便对我说:‘我回去,还是和你一起睡?’

“我毫不迟疑地微笑回答:‘你回去!’

"'不,我不这么想。去躺下,把灯关了,我马上就来。'

"'为什么?'

"'因为这是你心之所想,照我说的做。'

"那天晚上发生的事很不可思议,接下来的几个晚上也是。我沉寂了几个月的身体,在他的抚摸下苏醒了。他看起来十分温文尔雅,内心深处却显露了狂热。在我意识到自己的欲望之前,他就察觉到了。

"我们不知餍足地做爱,直到天明,他带我领略了从未有过的肉体欢愉。

"他晚上来,有时很晚才来,早晨离开时除了一杯咖啡什么也不需要。这些额外的时光并未熄灭我的等待和煎熬,但它们安抚了我的夜晚。

"然而一天,我们小酌了几杯,欢声说笑着,那一刻令人愉悦的轻松氛围迫使我对他说,我等的那个人就快回来了,从那天起我不会再见他。

"'你觉得你会和他安定下来吗?'他天真地问我,尽管他的天真只是面具。

"'不。'

“‘那么,接下来你有什么打算?你想要孤独终老吗?’

“‘我不知道。’

“‘你打算自杀吗?’

“‘我不知道。’

“他环住了我的肩膀,凝视着我的双眼:‘我不知道对你来说他意味着什么,但是,你必须活着,听到了吗?你必须活着。’

“然后,他握住了我的手,再一次和我做爱。我痛苦的思绪得到了喘息,我的灵魂停留在墙上的画报上。而我意识到,我可以入侵我的身体,正如他入侵我一样,我们可以融为一体。

“小提琴家、作家和情人在他回来之前就此告知了我三个相同的信息。因为夏天过去了,而他回来了。”

21

缓刑

当我压抑着再次与你相遇的想法

“是的,他回来了。一天早晨,我蓦然醒来,意识到他回来了,我对此坚信不疑。在梦中,我看见他行走在巴黎的柏油马路上。我匆忙赶往我一直等待他的咖啡馆,当然,他不在这里。于是我来到他的公寓楼下,我看见了打开的窗户,折叠的百叶窗。他回来了。

“我漫步在街道上,一想到他在那里,我就满心雀跃。

“他回来了。

“我知道他不会打电话给我,他将在一天早晨去岛上的咖啡馆与我相见,我们即将以这样的方式重逢。

“于是,我等待着第二天早晨,然后第三天,第四天……”

她对我诉说着她的等待,这漫长的等待,遥遥在望,枯竭了她的梦。在这日复一日的时光里,疲倦和希望缓缓消散又涌现而出。因为他的到来而变得甜蜜又充满希望的上午一分一秒地消失殆尽。然后,她起身离开,再次来到桥上,最后回一次眸。或许要等到明天,一个又一个明天接踵而至,没有尽头。就此,好几个月过去了,等待仍在继续……

因为在河水的另一边,有一个她认识的男人。当她或静坐片刻,或时不时站起身,一分一秒地数着时间等待着他时;当她一次又一次地回首,留意着清晨行人的步伐时;当她端起一杯咖啡置于唇间;当水流过她的喉咙;当她渐渐接受他不会来的现实——他或许刚刚醒来,在白色的床单上睁开双眼,伸着懒腰,抑或仍然蜷成一团睡得像个孩子?她记得他的睡姿。当他起床时,他的脚步声在昏暗的长廊里回响。他的头发有些蓬乱,披散在敞开的衬衫上。他惺忪的双眼时不时躲避着阳光。他微微垂着脑袋,走在这段长廊上。但是,他的步伐变得优雅,因为他的内心洋溢着幸福，有时他会吹起口哨。在河水的另一边，有一个男人在穿衣服。在墙上挂着东方地毯，阳光偶尔会不请自来的房间里，他套上一条略显宽松的裤子，扣上皱巴巴的衬衫的纽扣。片刻之后，他拿起他的太阳眼镜，他总是喜欢将自己炯炯有神的双眼藏起来。在客厅阳台外一探身，他迅速判断出这个时节的天气仍然暖意融融，他不会感觉到冷。他在乱作一团的办公桌上找到钥匙，然后迈着迅捷的步伐走向双层红色大门。在河水的另一边，有一个男人从老式电梯里下来，走出大门，来到了大街上。他将去正对面的咖啡馆喝一杯咖啡，或许两杯。他出来得不算迟，但是对她而言，他迟了太久了。

“我双眼紧盯着大桥等待着他，就在我对您说的那个地方。我的目光总是望向这里的拐角处，您看，就在对面，大桥的拐角处。我等待着他突然出现，等待着他的步伐浮现在石桥上。有时我会认错人，我倒希望自己认错人，因为我了解他的步伐和他的姿态。这些年来，除了追随他的脚步，我还做过些什么？”

她的目光总是被这个地方所吸引。当她与我说话时，我留意到她很少会看向我。我想她或许在自言自语。我已经习惯了别人对我说话时不看向我,视而不见构成了我生活的一部分。由于这个原因,置身于光线之中令我感到极为愉悦。但是事实上,使得物质显露出来的并非光线,而是透明度。聚光灯带给我的快乐终究只是昙花一现。

因此,我在这次对话一开始就弄错了。她的目光既不迷茫,也不空洞。在这9月的薄雾之中,她的目光仍在寻找一件出现在白色石桥上的黑色大衣。

“我记得自己日夜祈求他的到来,以至于当他在几天后出现时,我以为这是一场梦。那是如同今天一样的一个秋日,我们甚至看不到塞纳河。我透过这扇窗户看见他走了过来。他对我微微一笑,他来找我了。

“我倾听自己的内心就足够了。当我抵达内心时,我就清楚地知道他是否是来见我的。我的内心从不会弄错,但是我的头脑……现实中的一切都不会因为我们心中的愿望而有所改变。我们穷尽一生不停地索求,希望让我们心中的愿望之火永不熄灭,而接受现实才是唯一正确的态度。到了我这把年纪才能明白这个道理。

“我们在咖啡的陪伴下重新聚在了一起，一杯接着一杯。一上午的时间，我们不停地交谈，沉浸在重逢的喜悦中。我忘记了我的工作，忘记了一切。他在这里，这才是最重要的。他向我简单讲述了他的旅行、他的工作和他搜集的石头，但是我感觉他对我有所保留。我不确信这是否是他此行的唯一目的。在我的一些幻觉里，他处于危险之中，有时我会在床上战栗，我为他的生命而战栗。但是，我没有因此而生出询问他这一话题的兴趣。

“他却问了我不少问题。我快乐地跟他讲述了这几个月以来的事，我的第一部作品，我遇见的一些人，不过，我对我的情人只字不提。但是他知道一切，他洞悉一切。

“‘你非常想我。’

“‘是的。’我深深地凝视着他如是回答。

“‘我也是，我非常想你。身体上的思念不值一提……但是灵魂……’

“‘我知道。’

“‘我知道你知道，对此我很高兴，你改变了不少。’他微笑着下了结论。

“的确如此,在我没有意识到的时候,我已经改变了许多。

“到了下午,我们离开了这里。他只留下一句‘回头见’。

“当然,我再次陷入了等待。他下个星期才会来。

“我记得那天早晨我洗澡时,一个单词穿过了我的大脑:蜕变。蜕变,蜕变,这个词语纠缠着我的思绪,我并未就此探索出什么特殊的含义。我做着准备工作,知道他将来与我会合。我几乎对此确信不疑,我多花了些许时间化妆,穿衣,打扮着自己。

“当我来到门口准备拿包时,我走向书房找到一本字典:‘蜕变:从一个形式到另一个形式的转化和改变。’这一定义没有引起我更多的注意。我下楼赶往咖啡馆。

“等了十几分钟不到,我就看到他出现了。我坐在露天座位上,因为天气还很暖和。他来了。他坐到我的对面,将一本书放在桌上。

“我飞快地扫了一眼,看见了这本年代久远的作品的书名:《变形记》(*Les Métamorphoses*)。

“察觉到了我的目光,他对我说:‘我带来了我们的老朋友奥维德,你介意他和我们一桌吗?’

“‘我也邀请了他!’

“他笑了,只有他能够明白我话里的意思。

“‘但是我真的不知道这个单词的含义。’我说。

“‘想想毛毛虫,想想它的变化。’

“‘我是一条毛毛虫吗?’我语带揶揄地问道。

“‘我已经看到了你的一截翅膀,但是,蜕变是一段漫长的过程,会令人心力交瘁,痛苦不堪。’

“是的,痛苦不堪。几个小时之后,他再次离开了,并未提议在这间屋子之外的地方再见。

“在接下来的三个月里,他便以这样的方式一个星期露面一到两次。

“我们天马行空地畅所欲言,生命、爱情、死亡、恭敬欠身的侍应生、月亮。他来是为了指引我,可我却没有意识到这一点。但是,除了几个眼神、几句话语以及他时不时覆在我手上的手之外,他刻意与我保持了一段距离,我也不敢再轻举妄动。

“一天,他带着胜利的神态,昂首阔步地来了,他鬈曲的头发乱成一团,裤子皱巴巴的,外套因为口袋里的书籍而变了形。他在吧台处与我会合,将一本厚重的作品放了上去。

“‘我又把它读了一遍，花了一晚上的时间。我绝不会只看五遍。’

“这是尼采的《查拉图斯特拉如是说》。

“我双手捧起了这本书。

“‘随意打开一页开始读！ 等等，我们坐在后面会更好一点。’

“一坐下来，我便像洗牌一样飞速地一页页翻阅着，然后我停了下来，准备从中间开始朗读。

“‘大声读！’

“‘它没有让我闭上双眼，它使我的灵魂清醒。真的，它如同羽毛一样轻飘。它劝说着我，我不知道它怎样做到这一点的；它亲切地抚慰我，它压抑着我。是呀！ 它强迫着我，使得我的灵魂更加宽广了。’

“‘继续。’

“我继续朗读，一直到这一段落的结尾：‘你永恒之源泉哟，既令人快乐又令人恐惧的正午深渊，你何时从我身上吸走灵魂？’

“‘回头见。’他对我说，‘回头见。’然后他起身离开了。

“又一天早晨,他经过这里,却没有多做停留。看见他时,我正在人行道上抽烟,他像盒子里的弹簧玩偶一样忽然现身。尽管太阳当空照耀着,我还是感觉到了秋天的第一阵凉意。那天是赎罪日。我还有印象,因为咖啡馆里冷冷清清,我询问侍应生为什么客人寥寥无几。他回答说:‘今天是犹太人的一个节日,好像是大赎罪,一个类似这样的节日。’

“一个犹太节日……我不太了解犹太节日,除了我的家族因此而遭受的荼毒,我也不太了解自己的犹太人身份。然而,以血统而论,我是犹太人,难道我因此就拥有了犹太人的灵魂吗?

“我一边继续思索,一边端着咖啡走到外面的露天座位上,而他就在此刻来了。

“毋庸置疑,我渴望见到他,但是我不太确信那一天会见到他。然而我还是打扮了一番,化了妆,我希望他认为我是美丽的,尽管我内心深知,我美丽与否也许压根就微不足道。期盼着与他偶遇,我再次稍稍延长了本该在此处消磨的清晨时光。

“他停下自行车,和我打招呼。因为天冷,他的睫毛上颤动着几滴露珠,我向他指出了这一点。

“‘没关系,这没什么大不了的,不是吗?’

“他看起来心情很差,行色匆匆,忧心忡忡。我邀请他去里面取暖,想要借此和他多待一会儿。

“‘不了,来不及了,我有事情要处理。你呢,你不工作吗?’

“不知怎么解释我这么晚还留在这儿,我回答道:‘今天是赎罪日。’

“他困惑地看着我:‘好吧,今天指引着我的是圣三一。’然后,他不再多言,动作轻巧地骑上他的自行车,又一次消失了。

“片刻之后,我的眼中凝出了水珠,这与清晨的寒意无关。我茫然无措地站在人行道上,我感到了疲倦,深深的疲倦。我向河堤走去,甚至没有注意到我还没有为我喝掉的三杯咖啡付钱。

“赎罪日,大赎罪,为什么是今天?这些词汇的意思是什么?圣三一?是否与他向我解释了好久的灵魂上升有关?圣三一中的圣灵是他的信条吗?

“或许他没有预料到会见到我,一般这个时候,我已经离开了。此刻,我实在没有力气穿过巴黎赶往报社了。

“那一天,或许有一些事情需要我去明白。那一天让我记起我早已遗忘的出身。与他的相遇难道是一种惩罚吗？

“不断折磨着我的等待、痛苦和狂热是为了责罚我对于回忆的遗忘吗？

“我走下河堤，此时阳光逐渐晒暖了石头，我凝视着塞纳河，在河边坐了下来。

“我等待着一个征兆，一个思绪。我等待着那好的部分的来临。我仔细观察着行人、船只、天空和云朵的形状，试图找到一个答案，但是一无所获，毫无进展。某一个时刻，我想我或许正在失去理智，我只需要明白这一点而已。我拖着冻僵、疲惫、迷茫的身躯回了家，陷入了更糟糕的寂寞。我拿起所有为我的第一部作品所撰写的文稿，将它们撕了个粉碎。

“那时，我没有什么灵感。两三天后，我开始撰写一部新的作品，关于战争前的波兰，关于华沙的犹太人区，关于我试图遗忘的过往。

“他再一次拨打了我办公室的电话，通知我他下个星期即将外出，也明确告诉我他不会去咖啡馆，他的这份关照让我惊讶得说不出话。从什么时候起，他会告知我他的行踪了？我甚至连他周末做什么都不知道，这一点令我极为沮丧，不停地折磨着我。有时,我会见见我的情人,为了排遣烦闷,也是为了忘记他不愿在我身边。我疯狂地做爱,想要驱散黏附在我毛孔上的愁苦。我疲惫不堪地被困在束缚之中,只能用性爱麻痹自己。但是,当我再次睁开双眼时,他的形象、他的气味、他的话语仍旧飘浮在我周围。幸运的是,此刻情人已经离开了。

“但是他来电了,我害怕他所说的这个理由并不是真的。

“再次出乎我意料的是,他要求我向他描述我在戏剧课上做了什么,学到了什么,以及我登台时的感受。

“对话持续了下去,我不得不到一个更安静的地方打电话。和往常一样,话语带着不可思议的愉悦,带着只在他面前才有的自如从我嘴里冒了出来。然后他问了我关于音乐、钢琴和写作的一些问题。再一次,带着一种在我心底油然而生的情感,我准切而坦率地向他描述了在我内心发生的一切。他确切地回应了我,正如一个洞悉一切的人,正如一个能够将我所说的话脱口而出的人,正如一个根本不需要这些话的人。

“挂了电话,我看见身体周围环绕着一些光点,极为明亮。它们密密麻麻,仿若星星。我揉了揉眼睛,它们没有消失,它们在虚空中缓缓游动。我转过身发现身后也有,到处都是。我感觉自己要晕倒了，但是什么也没有发生。于是我坐了下来，注视着这些舞动的光点的表演，其中一些比另一些更为光亮。然后，它们汇聚成一种旋涡，消失不见了。

“我不知道这是什么。

“11月的一天，当他再次来到此处时，我鼓起勇气向他提议下星期六来我家。我想让他见见小提琴家，我想让他听听这圣洁的琴声，我也想听他演奏。我本以为他会拒绝，但是他答应了。

“‘带把乐器过来，这将会是一个音乐之夜。’

“‘几点钟？’

“‘大约晚上八点，你方便吗？’

“‘我会去。’

“‘我会去’，我离开时，头脑中咀嚼着这三个字。

“终于，他将再次来到我的公寓。那晚将会有音乐，将会有美酒，或许也将会有性爱。

“下一个周六的白天仿佛无穷无尽，一到下午，我便赶去见了达拉，告诉她这个不可思议的消息。

“但是，当我的目光触及她深蓝色的双眸时，我的一腔热情仿佛被一阵风吹过的火苗，瞬间熄灭了。”

22

那个夜晚

你的嘴仿若琴弓
我的唇犹如琴身

“到家之后,我预备了几道开胃菜。我喝了点酒,试图冷静下来。

“时间过得很慢,却又转瞬即逝,因为他的来临令我既期盼又心慌。然后,我的小提琴家朋友下楼来陪伴我了。我几乎每天都要向他确认一次他是否会出现,我几乎是在恳求他不要忘记周六他该赴约。因为他既多变又冒失,很久之前我就了解他的个性。我不同寻常的执着未能逃过他的眼睛,他甚至可能猜到了我对这个男人维系的情感，他精神焕发地来了，向我展示了他最好的状态。

“我们闲聊起来，更确切地说，他像往常一样，开始喋喋不休。不过那天晚上，我没有留心听他说话，不停地看手表，担心他会失约。

“‘你怎么这么紧张！因为这个男人？’

“‘这是我遇见过的最重要的男人。’我说道。

“‘噢！你惊着我了，我以为这会是我呢！’

“他令我忍俊不禁。我想，他很是希望我成为他的战利品中的一个，有时他会表现得分外迷人。但是他或多或少地知道我已经有了一个情人，他料想坚持下去也是无用。但是，他从来没有置我于任何尴尬的境地。

“然后，门铃响了。他站在我面前，拿着一个半旧的皮革小箱子。他稍稍修饰了自己的外表，他的衣服不再皱巴巴的了。他穿了新的鞋子，他光润的鬈发优雅地垂在他的脸旁。至于我，则想要显得朴素些，我穿了一件珍珠灰的上衣和一条牛仔裤。

“有一天，他穿了一件令他感觉不甚自在的裤子，我们谈论了好久关于着装的话题。

“‘必定有一些衣服是不愿属于我们的。’他说，‘这无关剪裁和布料，哪怕看中了它们也只是徒劳，当我们试图将它们据为己有时，它们抗拒着我们。我们越是坚持，穿上它们就越是不舒服。而它们更惨，它们是自己坏脾气的受害者，最终被遗忘在衣橱里。事实上，这或许正如它们所愿，它们对于重见天日无甚兴趣。’

“我暗自回顾了一下我的衣橱，想起了这件我最终丢在一旁的栗色裙子和那件我始终觉得笨重的条纹长裤。然后，像往常一样，他的话语缓缓流淌进我的思绪。他说的不仅是衣服，他说的也是人。

“他带来了他的萨克斯管。我给他们互相做了介绍，我知道他会喜欢我的朋友，喜欢他独特、天马行空的头脑和遥远的血统。不过几分钟，他们就如同相识多年般地聊了起来。我陪在他们左右，身在他们中间，为促成这一段美妙的时光而感到幸福。我给他们倒了酒，他们一饮而尽，我也喝了一些，他们的在场比酒精更令我沉醉。他们不断地互相问着问题，我对我这位小提琴家朋友的回答十分惊讶，也对我期盼已久的客人能够轻而易举地谈论自己的童年、父母和经历惊愕不已。我从来不敢对他提及这样的话题，而他就这样将自己的生活和盘托出，毫无保留。或许只须问他这些问题就足够了。我为什么没有这样做呢？因为矜持而不是兴致索然，这是肯定的。

“他谈论了他威严的父亲、柔顺的母亲和性格迥异的兄弟，同时也谈论了他的童年和少年时期。当他提及一家在巴黎圣日耳曼大道上风行一时的酒馆时，我怔住了，他和我在同一年经常出入这家酒馆，就在我重拾学业的那一年。我们可能在同一间屋子里已经见过面，他的目光或许在我没有留意的时候注视过我。我们已然相遇过多少次？

“我向他透露了这一点，他笑了起来。

“‘怪不得有似曾相识的感觉。’他嘲讽地说道。

“然后，我问小提琴家愿不愿意演奏一曲，为了他，也为了我。因为他乐于别人欣赏他的技艺，我一提出这个要求，他就从盒子里拿出了小提琴。

“调试了几个音符之后，他便开始连续演奏了所有那些我耳熟能详的乐曲。但是，喝了酒之后，他的演绎更胜一筹。一如既往地，这是令人沉醉的一段时光，从我第一次听他演奏，就一直希望他能够听到。每当我被这小提琴的音乐之声抚慰时，没有一次不在想他。

“那个晚上，小提琴如歌如泣，如泣如诉，倾诉了我们的束缚和逃避，等待与泪水，以及随着时间逝去的短暂快乐。

“他倾听着，难掩激动。我注视着他。他转过头来看向我，他的双唇微不可闻地说了声‘谢谢’。然后，他深深地凝视着我，他的嘴唇再次翕动，我听见了他的喃喃细语‘你……你……’，然后他垂下了眼睛。

“我们发自肺腑地为他鼓掌，我再次为他倒了一杯酒以表达我的感激。

“‘不过，你知道，她也会演奏，你听过吗？’

“‘从来没有。’他注视着我，回答道。

“我谢绝了他的邀请，摆了摆手表示否认。

“‘我喜欢和她一起演奏！来吧，过来，亲爱的，该你了。’

“我们在若干个漫漫长夜里的共同演奏使得相互之间得到了磨合，我自此学会了几首曲目，可以丝丝入扣地与他的乐器相配合。

“当我的手触及钢琴的那一刻，我便明白，这几星期以来的练习只是为了那一刻，为了他能够听到我们的演奏。

“我们为他演绎了一场奇妙的音乐会，我从他的眼中看到了诧异和骄傲。

“‘很美。’他在我们停下时说。

“于是，他拿出了他的萨克斯管，稍做尝试之后，我们三个人便开始一起演奏一段爵士乐。我尽我所能地给他们伴奏，试图调和他们各自的独奏。小提琴与萨克斯管的混合从理论上来说并不容易，我们需要一些时间才能配合默契。但是最后，爵士乐引得我们纵声大笑，合奏由此闭幕。

“这是一种纯粹的快乐。

“‘你也该弹些曲子，’受到这节日般的聚会的感染，我鼓起勇气对他说，‘为了我。’

“我站起身来，把位子让给他。他弹了几个音符，然后开始弹奏一段著名的通俗乐曲。

“但是，当乐曲接近尾声时，他的手指开始缓缓地在琴键上游移，他或许在作曲，就像我时常做的那样。

“于是我坐到了他身旁，然后将十指置于他的双手旁边。

“我们就这样弹奏了几个小时，直到天明时分，没有弹错一个音符。您懂音律,您捕捉到了我对您诉说的事情的不可能性,是吗?我处于一种非同寻常的状态,只模模糊糊地听到门砰地关上了,我推断我的朋友不愿打扰我们,离开了。他创作的每一个音符、每一段旋律都能在我为他伴奏的所有音符与旋律中找到回应。我似乎有了四只手。这不是刻意为之,我猜不出来:我知道,他也知道。

“这是如此的不可思议,我们乐在其中。我们间或出其不意地改变音调,想要打乱合奏,但是从未得手,因为另一个人就算闭着眼睛,甚至在手触及琴键之前就知晓该改变路径了。

“嬉闹的心态散去,我们的合奏将我们带往遥远的地带,带入灵魂的旋涡之中,在那里,灵魂相互重逢,永不分离。

“我们心有灵犀地作完了最后一段旋律,然后便陷入了长久的沉默,我们并肩而坐,惊叹着刚刚降临的魔力。

“他站了起来:‘我明天要走了。’

“‘什么意思?’我问道,心脏骤然抽紧,想到这令人心碎的离去。

“‘我要去哈萨克斯坦。’

“‘要去很久吗?’

“‘我不知道,我想是的。’

“‘那里有石头吗?’

“‘是的。’

“我不知道该再说些什么。

“‘我要去那里。’他缓慢地说道。

“他即将离开的念头让我无法承受,我迅速起身面对着他:‘你……你愿意留下来吗?’这个可怕的消息驱使着我成功地问出了这个问题。

“他轻抚着我的脸颊,注视着我:‘不,我不该这样做,你知道。我希望这一次你能活下去,我希望你活得长长久久。我希望这一切都能停下来。’

“我不明白他所说的话,我只愿他留下,而他的拒绝撕碎了我的胸口。这一切都能停下来?他这是什么意思?我们停止见面?他怎么可以这么想?他怎么可以去想这一对我而言如此荒唐的可能?对我而言,这等同于死去。

“他收回了手,拎起放在地上的黑皮箱子,向门口走去。

“我一动不动,无法做出任何一个动作,一时凝固在自己的悲痛之中。我已经开始考虑那个唯一可能的出路。

“‘不,你要活着。’他像宣告判决一样开了口,最后一次猜中了我的心思。

“门关上了,他离开了。”

23

希望

忧伤，只有忧伤

“冬天悲伤地来临了，每天，我都在挣脱忧愁的阴影。

“我每天清晨都会来这里，感觉自己正与回忆中的他赴约。我不再等待他，但仍然期盼着他的归来。我想，从此，只有遗忘才能了结这份痛苦，我却不知道该如何祈求遗忘。我深知，时间也无法助我解脱。

“渐渐地，曾令我感觉在他身旁的幻象与梦境也变得模糊不清，他离开了我幻想的国度，抛下我一人，孑然一身，无所适从，茫然无措。

“从他离开之后的第二天起，我就明白，音乐、阅读和写作只会加剧我的痛苦，因为它们带来的狂热只会令我更靠近他，靠近他的思想和他的话语。我触碰钢琴时无法不去回忆那个不可思议的夜晚，我阅读时无法不去想起他推荐的作品，我写作时无法不去倾听他的声音。

“于是，我决定摒弃音符与文字而活。

“我撰写的文章不再有情感，毫无趣味，只是一系列的描述。

“有人不止一次向我指出这一点。但是我毫不担心，我甚至不怕被解雇。我不知自己为何会处于这样的境地。

“我曾对您说过，我十分清楚您今时今日的感受。相信我，我那时所处的状态要糟糕得多。

“这漫长的几个月里，我的朋友一直陪伴着我。但是，我不敢再提及自己所经历的事情和仍在坚持的脆弱的希望，我不再向任何人说起他。

“甚至达拉，我仍去看望她，却对和他有关的一切避而不谈。

“在他走后的星期天，我去看她，我在那儿泪流不止。

“‘他走了。’我对她说。

“‘我知道,亲爱的。’

“她安慰了我,尽管我喝了一杯咖啡,她也并未试图在其中看个究竟。

“一天,她对我说:‘你需要去见玛德莱娜,晚些时候再去,你现在还没准备好。’

“‘谁是玛德莱娜?’

“‘她能够预测一些我无法预测的东西,她可以预测来世,这对你有帮助。’

“她把玛德莱娜的电话给了我,我保存在记事本里。但是,在那一刻,老实说,我想自己永远也不会去拜访她,因为我已经受够了侵入我世俗生命的、令人不堪忍受的诡谲和怪诞。

“又一次,她对我说:‘你将认识一个男人,亲爱的,一个不错的男人。他将对你有莫大的帮助。’

“我对她的回答是,她的预言虽然动听,但是我不再等待生命中的一切,包括男人,尤其是一个男人。而且,我也看不出这怎么可能发生,因为我无法属于其他任何人。

“‘的确如此。’她回答道,‘你无法属于其他任何人,但是你可以与另一个人分享你的人生之路。你看着吧,你看着吧。'她这样说,一如从前。

"甚至我的小提琴朋友也被排除在外。他有时会邀请我与他共进晚餐,我有时也会为他下厨,但是,因为他拥有聪慧的头脑,所以他明白我的公寓里已经不再欢迎音乐的到来了。他下楼时不再带小提琴,而我上楼时,他的乐器躺在匣子里。

"他只提起了一次:'我们可以逃避音乐,但是它始终形影相随。这是一个专业人士的忠告!'

"'我不是在逃避音乐。'我回答道。

"'噢!如果是这样的话,装个减音器就好了!'

"我哑然而笑。

"至于那位作家,他有时会来看我,询问我文学创作的进展。我谎称现在工作过于繁重,我无法专注于我的作品。

"'太可惜了,因为您的文笔甚是优美。'

"'是天使的文笔吗?'我语带揶揄地问他。

"'是能够使读者飞扬的文笔。'

"然而,他儿子的病情无甚起色,他很是忧心。我感觉他所有的精力和思绪都扑在这不太乐观的情势上了。他需要向我倾诉，趁着我们会面时询问我的建议，或是确保他在他儿子的事情上举止恰当。

“‘我怕他做出无法挽回的事。’一天，他对我吐露。

“‘我们不能强迫任何人活着。’我艰涩地回答，想到的是我自己而不是他的儿子，我没有斟酌自己话里的生硬。我十分恼怒，对谁，对什么，我不知道，或许是恼我自己胜过了一切。

“我怨恨自己无法克服这接踵而来的日日夜夜的艰辛。

“因为，我的夜晚开始变得难熬。在他回来之后，我曾刻意疏远的情人又慢慢出现了，我对此已无力抗拒。

“他使我在酒精和放纵下沉醉。

“一如既往，他晚上来，几杯酒下肚之后，我们就躺下了。他总是热情似火地和我做爱，但是，大多数时候，我无法再沉溺其中。我感觉身体的一部分所体验到的愉悦再也无法扩散至全身，而一旦了事，这份失落便一夜一夜地啃噬着我。无爱的欢爱比孤独更可怕，因为身体永远也无法战胜思想，而这一点，您深有体会。

“一天，他帮助我购买了一辆小汽车，因为我越来越感受到逃离首都和困囿于此的回忆的需求。除了排在晚上的戏剧课和夜幕降临之后他的来访,我们从不碰面。他对我购车一事出了力,我知道,在这一领域里一个男性的出面能够帮助我做出正确的选择。

“或许,他由此推断,他渐渐占据了我生活的一部分,因为他开始逗留到早晨,尤其是周末的时候。我对他逐渐入侵我的公寓和我的生活不置一词,有时,我会告知他我需要独自一人去某个森林里徒步,他都会尊重我的决定,眉头皱也不皱。

“我思忖着他对于婚姻和水母是否仍然保持着相同的看法,但是我不敢问他这个问题,害怕他推翻这一从某种程度上令我接受他进入我生活的理论,而它的瓦解将不可避免地让我把他从我的生活里赶出去。

“然而,尽管我费尽心思,尽管我恼恨、绝望,尽管我厌倦了泪水,日渐沉默,甚至忘记了自我,他仿佛将一只脚留在我试图重新关上的大门的缝隙里。他已经走了,却一直都在那里。

“几个星期就这样过去了,1月来临了,我想着他肯定会回来过节,但是他从没有来这里见我。我发誓再也不到他的窗户下面徘徊。”

她停顿了片刻。

她对我说，一天，她在圣路易岛的大街小巷上兜兜转转，寻找停车的场地，当她向右打方向盘时，她看到了他。先是他的脸庞，他俊美的脸庞，然后是他的侧影，大雪落在他的头发上，他的头微微前倾以避开纷纷扬扬的雪花。这令她魂牵梦萦的景象片刻之后才进入她的脑海，几个月的等待汇聚成了此刻的一刹那。但是，在她刚刚认出那个她日思夜想，寻寻觅觅，每一年、每个月、每个星期、每一天、每个小时都在翘首以盼的脸庞之后，她的目光就开始下移，她的眼睛盯着他的手，他的手正伸出搂住一个腰身，一个走在几步之前的一具身体的纤纤细腰。于是，她的目光跟随着她看向他的目光，甜蜜、温柔、迷恋，而他的目光在这同一瞬间以毋庸置疑、发自内心的情意回应着他爱的那个人。她身不由己地向右发动车子，任由发动机的猛冲将自己带走，她又行使了若干米远。

不再关心是否得找到一个可以停车的地点，她兀自停在那里，心脏被一阵巨大的痛苦攫住了。疼痛打断了她的血管和筋脉，渗入了她的血液。无法动弹，无法思考，她坐在那里看着大雪堆积在她的挡风玻璃上。她在那一刻没有哭，但是在痛苦的驱使下，她最终从见证了这令人不堪忍受的景象的车上走了下来。或许，在那一刻，她相信从目睹了一切的座椅上离开就能逃离冬季这一幕可怕的场景。她走了几步，猛然冲入一家餐厅。但是当她脱下外套时，她感觉到疼痛上升至她的喉咙，即将触及她的双眼，于是她一言不发地匆匆走进这一层的卫生间里。尽管痛彻心扉，尽管热泪袭来，她仍不由自主地想，此刻面对搪瓷洗手台的场景和之前几个月荒唐的希冀同样凄凉。终于，她潸然泪下，深知哭泣也不会带来任何安慰，因此她没有哭泣很久。

她面对着镜子擦拭双眼，试图擦掉眼周的青黛颜色。

然后，她决定直视镜中疲惫、厌倦、心灰意冷的自己。

在走下台阶的时候，她湿淋淋的手帕掉了，她矮下身想将它捡起来。在墙壁的底部，粗略地用赭石色画了一个手印，手印下是一个单词，仿佛是一个画家的签名，这个画家装饰了这家新翻修的小餐馆的四壁。精美的字体绘制了这个单词，它并非一个签名。

“蜕变”，这就是画家所写的单词。

“是的，蜕变。这家餐厅一直都在，离这儿几步之遥，在岛上的圣路易大街上，您去看看吧，他们从未翻新过，您仍然可以在墙壁上看到这个单词。”

“又是一个征兆，那您想必是……”我没有找到确切的表达。

“是的。”她喃喃低语道，“接下来的几天乃至几个星期都极为煎熬。当然，看到他和其他女人在一起是残酷的，但是，更加令我难以忍受的是怀疑：我病入膏肓的头脑是不是编撰了这个纯属虚构的故事？难道我只是爱了一个根本不爱我的人吗？这些疑问是合理的。几个月以来，我心乱如麻，我甚至觉得我不再属于自己，我越来越不认识我自己了。我是谁？他是谁？

“在这样的精神状态下，在那次难以预料的狭路相逢过去一年后的一天，我拨打了他的电话，要求见一次面，他同意了。”

24

永别了

你听，我再次呼唤

“在通完电话一小时之后，我们在他家楼下的咖啡馆里碰面了。他甚至没有问我这次见面的原因，我只对他说了一句：‘我必须得见你。’而他回答：‘好的，一小时之后。’

“我来得早了些。我独自坐在桌旁，我注意到自己竟出奇的平静、淡然。对于此次见面，我不抱任何期望，我再也无所期望，这几个月的折磨令我心如枯井。我只想对他倾诉我的疯狂，我希望从他身上得到解脱，我希望他像其他容易忘记的男人一样出现在我面前。

“他如约而至，他的头发剪短了，棕色的鬈发不见了踪影。他消瘦了些，脸色萎靡，尽管面露微笑，我仍从他暗淡的双眼中捕捉到了无尽的疲倦。但是他的仪表却更加整齐，他戴了一条我没有见过的红围巾。

“他没有向我打招呼，径直坐在我的对面，一言不发。他在等我说话。

“‘你曾对我说，我必须活着，但是，我做不到这一点。’

“他并未回答，只是注视着我，他已经知道了。我垂下双眼。

“‘你……你说过你希望这停下来，这也是我所希望的。’

“他仍旧缄口不言，我继续说道：‘或许你能够帮助我？我是为此而来的。’

“他的沉默抑制了我的羞怯，我继而向他阐述他的身影是如何不停地在我眼前徘徊，从我见到他的第一天，第一个小时，第一秒钟起；关于他的回忆是如何流淌在我的血脉中，像一杯甜酒，有时却如此苦涩；我是如何无法再像遇到他之前那样生活，因为我不知道在遇见他之后该怎么生活。

“我对他讲述了我的幻象、我的梦境和不断增多的征兆。我对他诉说了每天早晨在岛上的等待和我颇有可能的精神错乱。然后,我对他说,我只想死去,好让自己最终找到解脱。

“当我说完最后一个字,我感到心神俱疲,却又对这些年来种种不切实际的话语都变成现实而深感欣慰。

“我等待着他发话。

“‘我知道,这是一个牢笼。’

“是的,的确如此,我受到了囚禁,‘牢笼’这一字眼用得恰如其分。但是他好像没有被囚禁,他爱上了另一个女人,他继续着他的生活。

“‘今天,我来寻找钥匙,你有吗?’

“‘我遇见了一个人。’他喃喃道。

“‘我知道,我看见你们了。’

“‘我知道你看见我们了。’

“他是怎么知道的呢?我不晓得。因为这段残酷的插曲,我最大限度地限制了自己在岛上的出行,我不再光顾这家咖啡馆,我甚至避免在城中散步。我不想再看见他,什么都不想再看见,我永远不愿再次经历这种撕心裂肺的感觉了。

“‘我很幸福。’他补充道，脸上却没有任何幸福的表现，‘或许我们就要结婚了，另外，我想彻底离开巴黎。’

“‘是的，继续吧。’我心想，‘继续，你将治愈我，即使我心如刀绞，你的话语将彻底治愈我，如同最后一次外科手术。’

“‘我很感动，你会对我有这样的情感。’他继续说道，‘但是，这会过去的，你也会遇见一个让你幸福的人。’

“在随之而来的短暂沉默中，我默默重复了他的最后一句话。

“‘谢谢。’最终，我对他说，‘谢谢你抽出了一些时间。我会好起来的，或许我们不会再见面了，祝愿你的新生活幸福美满。’

“我坚定地说完这最后几句话。我只希望治疗有效，我想要离开，一切都结束了。我起身时，他用力抓住我的手腕，迫使我坐了回去。

“我讶然地看着他，不解他的举措，只是顺着他迫使我做的动作。

“‘你总是这么自矜，总是如此自矜。’他说。

“‘我一直希望为了你而自矜。’

“他的眼神变了，恢复了我熟悉的深邃，同时也变得阴沉了。

“‘听好我即将和你说的话，在心里记住每一个我即将说出的字眼，即使今天你无法全部明白，有一天你会明白的。我将犯下渎圣之罪，但是我对你说过，你必须活着，这就是为了你能够活着。’

“我凝神倾听，这段对话的走向打乱了我的心绪，我希望我们的对话是平庸的，因为只有平庸才能够拯救我。

“这就是他逐字逐句所说的话：‘我从很久之前就认识你了，你也从很久之前就认识我了。每一次我们道路的交错，我都会结识你，而每一次你都会死去。这一次，你将活着。这一次，我不会爱你。当我们再次相遇的时候，我们将最终获得平静，我们不会再重蹈覆辙。但是，你必须走完你的道路，你将再次成长，尤其，你必须传递。别忘了这句话，你必须传递。你不要写关于我的东西，可以吗？你记下我的嘱咐，时机到了你就知道该怎么做了。’

“他松开了我的手腕，站起身来，不再多言，他离开了。我的目光没有追随他离去。

“我在那里又坐了好久,默默重复着他刚刚说的每一句话,然后,我拿出我的记事本记录下来。

“之后,我心想自己该离开圣路易岛了,我在这儿没什么要做的了,也没什么要寻觅的了。

“出乎意料的是,他们也都将离开。

“几天之后,小提琴家对我说他将暂时回到伦敦,可是一份新的合约正在奥地利等着他。

“‘莫扎特!’他欢呼着,‘莫扎特正在等待着我!’

“我们最后一次一起享用晚餐,我最后一次要求他为我演奏。

“几个星期以来,音乐被逐出了我们的交流,期间,他一直耐心地等待着,看我是否会向他提出这个请求。

“‘我没什么好逃避的了。’我对他说。

“‘很好。’他回答道。

“他把他在伦敦的住址留给我,深知只有在机缘巧合下,我们才会重逢,如果我们不得不重逢的话。

“那一晚他演奏得极为出彩,我不禁泪如雨下,为他的离去而伤感。

"'今晚您是一把小提琴。'他对我说,'找到您的琴弓!'

"我喜欢这个男人。

"然后是作家,我多次给他留言之后,他终于来电了。他的心脏出了问题,他儿子的疾病可能是他发病的诱因。他不再经常出门,变得虚弱,第一次对我说:'我老了。'

"我提出要去看看他,但是他拒绝了,或许是因为他的儿子正住在他家里的缘故。我确信,他不希望他的儿子知道我们的友谊,这一关系很有可能会被他的儿子视为一种背叛。我明白这一点。挂电话之前,他给了我最后一条建议:'远离虚幻,走向本质。衰老来得毫无预兆,您认为自己还有时间,但是,相信我,您自认为手里把玩着巨大的沙漏,然而它将在几年之后变得小到出奇。现在就写作,真实地写作!我将是您的第一个读者。'

"然后,达拉也消失了。一天,我一如既往地敲响她家的门,无人回应。她有她的习惯,我十分了然,在那个时间段,她本该在家里的。第二天再去时,大门依然紧闭。

"我和昨天一样等了片刻,这时,我听到楼梯间传来脚步声,一位房客走了下来。

“我询问他女门房的去向。

“‘噢!’他对我说,‘应该是星期三,她得了中风,在她家里发现她时,她一动也不动。他们说她被发现之前就已经昏迷了好久,他们把她送去了医院。’

“‘哪家医院?’我问道,呼吸急促。

“‘我不知道,但是二楼的女士应该知道,是她保管了门房的钥匙。’

“我冲向二楼,然后赶往那家医院。我找到了昏迷不醒的她。这一次,我可以看清,她已近年迈,比她装扮起来的样子要老上许多。在我面前的,是一位双目紧闭的老人,这一画面深深刺痛了我。

“我探望了她许多次,后来,她脱离了昏迷。但是,她不再认识任何人,她甚至失去了说话的能力。我和她说话,试图在她的双眼之中唤起一丝微光,不管是什么。然而,她的目光一片空洞,彻底失去了所有的情绪、情感和回忆,有些像我的姨母。

“当她被转移到远离巴黎的一所收容中心,我就失去了她的消息。

“再接着，最终轮到了我的情人。最后一次见面之后，我刻意疏远了他，不停地假托借口不再见他。

“他几番来电，然后就不再坚持。一天，他把一张便条塞到我的门下，他问我就此沉寂的理由，并向我保证了他对我的爱意。

“于是，我给他寄了这封信。”

她从牛皮纸信封里抽出第二页纸，递给我。

“我很庆幸保留了一份抄件，让您今天能够看到。”

我接过纸读了起来：

若说我没有爱过您，实在残酷，而残酷非我所愿。

若说在那些转瞬即逝的时刻我的心不曾向您的心倾斜，其实不然，而说谎非我所愿。

若说在某些早晨和许多个夜晚我不曾等待过您，都是虚妄，因为我曾经抱着几分热忱等待过您的来电。

但是，对于爱情，我知之甚少；对于情感的流露，我只体验过一次稍纵即逝的心动；对于等待，我只是一天天数着日子。

因此，我误解了，不是误解了您，而是误解了我自己。今天，我承认爱情不是错觉。

爱情扎根于血肉和灵魂，因此，它不会动摇，不会外渗，也不会倾斜。爱情不会在等待中衰弱，因为等待滋养着它。

如果一段情感并未深刻地改变您，那就不能将其称为爱情，因为，爱情是灵魂和思想的蜕变。

我深表遗憾地告诉您，您并未改变我一丝一毫，而我只是您人生中的过客。

在爱情之中没有判断，爱情不评判它的对象，它承认对方，接受对方，轻易原谅了对方的不足。而我不认为自己原谅了您只是满足了我的精神期望，而您也无法原谅我并未符合您的期望。

此外，我们不该怨恨自己，因为我们并未做任何决定。

当我们一起表演这出有趣的戏剧时，我们便不由自主地想要最大限度地贴近我们的角色。

我们强迫自己专注于这些会心的对话，这些迷人的束缚，这些甜美的悲剧。我们带着毫无节制的热情表演着虚幻的爱情，当我们全情投入这些缱绻的交流时，战栗的感觉流遍我们的全身。

因此，您轻易便能明白我缺席的原因，但是，我很乐意接受您轻吻中的情意，就当是这出令人愉悦的戏剧的最后一幕。

我将纸搁在桌上，抬起眼睛看向她。自矜，是的，的确如此，这就是她，自矜。

她继续说道："之后，我走了。我离开了圣路易岛，我也离开了报社。

"我存了些钱，足够我在首都之外生活一段时间。

"我需要一些时间和一些空间，我需要换换空气。

"我在离这里很远的乡村住了下来，除了我的钢琴，我什么也没带。我租了一座屋子，一座位于田间的小屋。

"渐渐地，我醒悟了。"

25

升华

但愿你漂泊的思绪回到我身边

“开始的几个月很艰难，无比艰难，因为，尽管我选择了独居，尽管我非这么做不可，但是并没有让我好受一些。

“一开始，我不知道该做些什么。他的脸庞，他的双手，他棕色的鬈发，还有他的话语仍旧纠缠着我，不管我身在何处，与世隔绝的清静并未对此改变分毫。我经常哭泣，我仍然极度地思念他。

“我无法写作，于是我开始阅读。我阅读所有关于爱情题材的文学作品，我反复阅读着古典文学，那些谈论爱情的杰作和其他一些作品。实际上,我在其中寻找自己故事的影子。有时,我从书中人物及其命运的绝对性格中有所收获,但是,我从未理解是什么赋予了他们生命。所有这些天方夜谭般的爱情故事触动了我的夜晚,却并未照亮我的白天。

“在经过几个月的阅读之后,我领悟到,在这些作品之中,我无法获得自己寻找的东西。

“于是,我开始寻找其他偏向于精神的读物。

“他曾经说过的话和达拉的话语在我的记忆中糅合,他们想要表达什么?我该明白些什么?

“我在一本巴黎的电话簿里找到了一个位于圣拉扎尔火车站附近的书商,他似乎拥有比之同行题材更广泛、更不落俗套的藏书。

“我电话联系了他,想要知道他是否有谈论灵魂的作品。

“‘这里最不缺少的就是这类作品。’他回答道,‘您过来就会看到了。’

“但是,我向他解释,我无法出门,虽然这并非事实,我请求他为我挑选几本可以通过邮局寄给我的书籍。我提议提前付款,包括邮费。为了让他同意,我明确表示自己是一名记者,我想要写一些不可见却真实存在的东西。他对我的请求感到意外,但是被我的话语打动。他同意了。

“我迫不及待地等待着第一个邮包。

“月复一月,一种愉悦的联系在我们之间生成。他指导我的意愿和乐趣,以及我对于学习的渴望日益拉近了这段彼此信赖的关系。一天,他甚至给我寄来他仅存的一部孤本,让我路过巴黎时再‘亲自’还给他,因为他想要看看我声音背后的脸。

“他还给我寄了一些我并未向他订购的书籍,例如《圣经》《卡巴拉》[1]《大卫圣歌》。

“在第一年的时间里,我一味地阅读,但并不明白自己阅读的是什么。

“我与外界只有罕见的几次接触。

“我的朋友偶尔会来电。她与我谈论报社、编辑部、人事变化以及她遇见的男人。她问我是否打算有一天回归‘文明世界’,如果是的话,什么时候。而我的回答是,我不知道,因为我还没有预测到。她也没有找到达拉。

1　犹太教神秘哲学,由中世纪一些犹太教士发展而成的对《圣经》做神秘解释的学说。——译者注

“我的外貌对我不重要了。我不愿在镜子中看到自己的脸,我不认识自己了。我变丑了,这一发现越来越令我无法忍受,我决定把卫生间和玄关的镜子都拿走。这座小屋只有四间简陋的房间,客厅里有一个壁炉,我喜欢不分白天昼夜地待在这里阅读。

“阅读,阅读,这是我唯一做的事。我的钢琴沉寂了。

“我花了一整年的时间读这些作品,之后,我感觉自己该停下来了,我仿佛厌烦了这些已然充斥在我脑海中的知识。

“于是,我开始写作,真正的写作。

“一开始的时候,我搜集了许多波兰在二战时期的历史,以及这段黑暗时期的资料。我还得在这里待一年撰写我的作品,尽管我还缺少一些完善作品的信息。

“是的,我又度过了一年不可思议却渐渐习以为常的独居生活。

“第三年年初,我决定是时候采取行动了。

“我呼叫了玛德莱娜,我保留了她的电话号码,她很快接了电话。

“‘是达拉让我找您的,我必须得见您一面。’

“‘我知道您是谁。’她回答道，‘您犹豫了不少时间。’

“她给了我她在巴黎的住址，约定了第二天的见面。

“我开车上了路，这是春日的一天，天气晴朗。我不知道等待我的是什么，尽管我开始有了一个模糊的念头：这儿所有的读物慢慢使我走上了正轨。

“离开之前，我打电话给书商，通知他我的来访和归还他借给我的著作。

“我一到巴黎就赶往他的书店。久违的巴黎，咖啡馆唤醒了关于他的回忆，露天座位上坐着谈笑风生的情侣们，就像我们当初时常做的那样。

“我却没有在此处落座的勇气，生怕自己再也无法离开。

“这位书商是一个五十多岁的男人，或许更年轻一些，我想象中的他要比他看起来古怪得多，至少有着老派的举止。我想象着他被禁锢在一家布满灰尘、不见经传的小铺面里，书籍堆积在一直攀爬到天花板的书柜上。事实上，他的书店十分宽敞，且极为井井有条，我们可以在这里找到所有类型的书籍，包括最为机密或最具争议的作品，涉及天文、诗歌、灵修和魔法，所有的作品都被仔细地排列在书架上，按照作者分类。这些著作的质量展现了书店主人的博古通今，不论对于什么领域，他的学识似乎都宽广无际。

“他很高兴见到我，我也一样，尽管这次回到巴黎和一小时之后的约会令我极为心神不宁。

“我把他的书还给了他，他却拒不接受，而是将它送给了我。他还附加了另一本薄薄的小书，书名为《灵魂伴侣》（*Les Âmes soeurs*）。

“于是我又一次知道，这次见面并非是偶然的结果。

“那一天后来发生的事启迪了我曾经读过的所有知识。达拉提到过的光芒终于降临了，它使您理解了贯穿于您一生之中显而易见的一件事情。理解，而非仅仅是思考。

“是的，我必须对您说，灵魂是存在的，每具身体都拥有一个灵魂，我们全都来自同样的根源。

“我们都源自这个根源，从这个意义上来说，我们都是能量。换句话说，这个根源存在于我们每个人体内，而我们每个人都是这个根源的一部分。通过自己产生能量，我们赋予它生命，这就是我们选择降临人世的时候发生的事。此外，我们这样做并非是出于偶然。

“我们所有人都身负一个既定的任务降临人世，每个人都有属于自己的专属任务。没有一个任务比另一个更崇高，因为，对于这个根源而言，让一个孩子降临人世，让他产生新的化身，这与影响其他数以千计的化身同样重要。

“我们必须完成这个任务，为了产生能量，同时也为了滋养我们的灵魂，使得它更为明亮。人生对于灵魂而言就是一所学校，正如我对您说过，每一个不幸都是一堂课程。但是，每当您从一次学习中得到充实，您就必须将学到的知识传递下去，为了将其扎根于您体内，也为了在他人体内播种。传递是必不可少的，因为能量就是这样在人与人之间流通的。一切对于他人的评判都是不必要的，每个人都手拿各自的书本，都必须学习自己欠缺的知识，传递学到的知识。

“有些人身负比他人更为艰难的任务，拥有一段坎坷的人生：这些人能够学到很多。正如印度教徒所说，对于年轻的灵魂而言，只有通过历练才能发生转变。

“对于那些为了人类而身怀重负的生命，他们已经化身多次，他们拥有天生的学识和自如，他们本能地懂得这世间的许多生存之道。但是，他们经常无法完成自己的任务，甚至被任务吞噬。

“您还要知道，这任务不受俗世安乐的阻碍。我们的目的并不在于幸福的人生，而是完成我们来到人世间该做的事。此外，有时需要经历无数坎坷才能完成使命，因为光明往往诞生于黑暗。事实就是如此。当您开始着手您该做的事，生活将负责为您扫清所有的障碍；当您走入歧途，为了帮助您找回属于自己的道路，您所面临的只会是逆境。因此，我曾对您说过，在宇宙为您开辟出的道路上起舞更为容易，您必须找到这条道路。

“当您了结了来到世间的因缘，您就会离去，不论年龄老少，您都将离开这个人世。死亡不是一个终点，它是一个结果，也是一个新的起点。若是您知道这一点，您将无所畏惧，因为您不再惧怕死亡。

“当您无法完成或结束自己的任务，您就会回到人间。您将再次化身。我们之中的不少人需要活好几辈子才能完成任务。

“这就是复活的全部寓意：回到人世是因为他尚未结束使命。这正是《新约》所说，这正是所有的圣作所说，不过是方式不同而已。

“再次化身之后，您会遇到新的灵魂，但是也会遇到您的旧识或您一直深爱的人。死亡不是分离，而是团聚。因此，您本能地与一些人心有灵犀，而其他人则令您无法忍受或有所畏惧。不要弄错了，其实，这些灵魂在您前世的生命中没有对您做什么好事，但是他们接近您或许是为了赎罪，不妨给他们一次机会。

“正如我对您所说，我们都来自同一个根源，从这个意义上来说，我们彼此相连。我是您的一部分，您也是我的一部分。如果我伤害了您，也就伤害了我自己；如果我帮助了您，也就帮助了我自己。这和一切道德都无关。以这样或那样的方式，我们消极或积极的冲动就像回旋镖一样去而复返，因为我们彼此相连，我们不是单独的个体。能量在灵魂之间流通，灵魂本身也产生能量以灌溉根源。

“然而，一个灵魂最初从根源发散而出时偶尔会分裂成两个，这就是我们所说的‘灵魂伴侣’。

“我对您说过，永远不要再像您以前那样讲述灵魂伴侣，您所说的与事实完全背道而驰。

“不是所有的灵魂都有灵魂伴侣,就算有也只是出于特定的意图。不幸的是,这个意图并非是为了实现俗世的爱情,虽说有时可能会出现这种情况,但是难得一见,仅仅是为了服务于最终的目的。

“灵魂伴侣在人世间的重聚只是为了照耀其他灵魂,创造更为强大的能量,从而影响其他灵魂,仅此而已。我们不过是一条巨大链条上的链环,从某种意义上来说,我们是媒介。此外,您要记住,经过您灵魂的光芒并不是您自己。如果您的自我变得妄自尊大,那它将一无是处,并阻碍这束光芒的经过。智者们明白这一点,而凡人则穷尽一生试图完成这道艰难的课题,无论他们的信仰是什么。他们不再拥有名字和各自的品性,他们只须成为一个连接爱的根源的途径。

“当灵魂伴侣们一起化身时,他们往往会分开而不是重逢,并一直在世间寻觅另一半的踪影。被迫寻觅,相逢,又时常再次分离,这是一段极为痛苦的过程。但是,这并非是他们的选择,无论如何,不是在人世间的选择。他们的结合并非总是流于爱情层面,但是,爱情是达到目的最有效的方式,它对人类而言十分强烈。

“这些灵魂在世间的重逢将使他们得到一种极为激烈而迅速的升华，他们的生命轨道将天翻地覆。从某种意义上来说，神光一现，使得一切走上正轨。但是，一切道路将创造、传递和超越俗世的爱情，好让人们明白，真正的爱是博爱，爱将比被爱产生千倍的力量，爱不计回报，爱是光芒。

“我知道，如果我不先对您讲述我的故事就开门见山地说起这些，您或许会觉得有些荒谬，而我也对此表示认同。因为，在这段生命的最初，我自己也不是一个唯心的女人。

“在我拜访玛德莱娜之后，我得知，他就是我曾经多次寻觅、重逢又失去的灵魂伴侣。

“她向我重现了一些前世的场景，其中有我曾经对您说过的，很久之前我们在沙漠里的情景，也有其他时期的，每一次我们都有着不同的相貌和身份。他曾是一个女人，而我曾是一个男人……

“这些场景稍纵即逝，有时只有一些画面，但是这就是我和他。我们曾活过好几世，我们对世界的认知在我们回到世间之前就已经足够广博。然而，每次我们重逢之后，我都会死去。”

“为什么您会死去？”我问，她的话语完全让我震惊。

“在前世中,重要的不是您是谁,而是您做了什么。每一次我们重遇,他的身体都会爱上我,从而给予我光芒以及我必须传递给他人的知识。不过,我们的结合太过强烈,我被纯粹的爱情蒙蔽了双眼,除了爱他,无法再做别的事。因此,不可能再完成我的任务,这总是令我死去。其实他知道这一点,但是,直到这一世之前,他都无法抵抗,因为俗世的爱情对于灵魂而言是一件快乐的事,尤其是我们之间的爱情。因此,我们重生了许多次。

“但是,这一次我们成功了。他抵抗住了,我存活了,完成了我的使命。”

“为什么?”

“我会对您说的。”

她停顿了一会儿,继续说道:

“我写的书里已经包含了这一点。但是,我今天对您所说的话,我从未对任何人诉说过。这个女人,玛德莱娜,正是这幅拼图缺失的那一块。和她见完面之后,尽管她向我重现的画面令我心神震动,我还是感觉平静了下来。

“我回到乡村。在接下来的几个月,我需要慢慢消化自己的收获。但是，我渐渐意识到，音乐、阅读和写作不再令我感到任何痛苦。

“我开始寻找出版社。

“然后，一天早晨，我终于安然而幸福地醒来，一抹久违的微笑出现在我的嘴角。我知道，只要知晓他仍然存在，我就感到幸福。我只须等待，但是我深知，这一次我将与他重逢，这次的等待不是折磨，而是在履行一个任务。

“我成长了，成长了许多，我的灵魂已然转变，我已经能够挥动我的翅膀。

“我已做好准备回到生活、城市和世界之中。”

26

还是要生活

精神永远无法安宁
它在责任间游走
只在琐事中获得快乐
即将在希望中结束

“我回到巴黎附近的布洛涅，在一间狭小的公寓里定居下来。这三年的乡村生活让我习惯了田野的辽阔和草木的葱茏，我妥协至此，以免过度置身于都市的躁动之中。

“为了避开一些街区，我也非做此选择不可。因为，我不知道他后来去了哪里生活。此外，在三十年的岁月里，我从未再次踏足此地和拉斯帕伊大道。”

“三十年?”我惊愕地问道,她是怎么做到在整整三十年的时间里避开这条街的?

“是的,我在巴黎四处来来往往,但是,我从未想要驻足在这条街道上。我知道,这有些疯狂,但是我无法再回到圣路易岛上。”

她继续说道:“尽管我有所发现,有所了悟,我还是应该继续我俗世的生活,这又是一个考验。悲伤已经彻底离我而去。

“几个星期之后,我在一家著名的杂志社找到了一份新工作,我被试用了。我不得不再次习惯他人每时每刻的存在,还有印刷业表面上的行色匆匆和上层决策者的种种要求。

“我对此一一顺从,深知自己别无选择,只能再一次好好地活着。

“对于陪伴我度过那些动荡、灰暗却又如此绚丽时光的好友的新生活,我深感欣慰。她结婚了,一天晚上,她邀请我来到她位于第16区的公寓里,她向我介绍了她的丈夫。她的丈夫在一家银行身居要职,为人甚为和善,和她尤为相配。她的脸上洋溢着幸福。她换了报社,但是她考虑辞职,她告诉我她想要生儿育女。当我准备告辞离开时,她在楼梯间挡住了我的去路。

“‘你好吗?’她换了一种口吻问我,因为终于只有我们两个人了。

“‘还好。’

“‘你再次见到他了吗?’

“我已经好久没有对她提过我对这段故事的想法了,我不会再对她吐露分毫。

“‘没有,现在都结束了,你知道,我已经翻篇了。’

“我还能对她说什么呢?谁能够理解呢?

“‘你要是也遇到一个人就好了。你知道,人生路上有人做伴也不错。’

“‘人生路上有人做伴也不错。’这句话在我心底徘徊。这意味着最终与他人成双结对,共同生活,这就是‘人生路上有人做伴’。我们可以信任这个人,这个人将陪伴您,关心您,您对他也一样。

“我从未以这个角度看待两个人之间的爱情,但是,这句话十分合乎情理。

“此外,我不知道自己是否能够经历这样的自然关系,但是,我或许应该试试。

“我的书很快便出版了，它在那一时期获得了一定的成功。第二次世界大战时期的波兰在当时还尚未被大肆谈论，因此这部作品为他人开拓了一条道路。我在欧洲进行了一些演讲，我乐在其中，并感觉自己为其他人和我消逝的家族做出了重要的贡献。

“紧接着，我开始撰写我的第二部作品，我已经知道该如何写作。

“但是，我不得不对您坦言，生活于我而言仍索然无味。我经常伤感地回想起三年前认识的那些大大帮助过我的人，以及那些我们共同度过的、富有魔力的时刻。我相信，魔力在那一时刻无处不在。

“此刻，我想念着他们所有人，我再次迈步走过巴黎的大街小巷，有时相信自己在行人之中辨认出了他们的身影，因为其中一人拿着一把小提琴，另一个穿着旧雨衣，第三个化着浓妆。

“几个月之后，正如达拉所说，我遇到了一个男人，一个‘不错的男人’。

“我单身太久了，以至于不再懂得该怎么和异性相处，但是，我已经彻底摒弃了孤独，重新拥有了取悦他人的欲望。

“我在英国大使馆的一次采访中遇见了他,他是其中的议员之一,主要负责与媒体的联络工作。

“在我们会面两天之后,他打来电话提议一起吃午餐。他的妻子已经离世三年了。这是一个身材颀长的男人,幽默风趣,温文尔雅,他轻微的口音增添了他的魅力。我一下子便喜欢上了他的外貌,他栗色的头发散发着金色的光泽,他五官精致,身形高大,衣着细致。他迅速吸引了我。

“然而,我留意到,尽管我的胸膛里泛起了涟漪,我对他仍有所保留。这段关系虽然诱惑着我,却并非必不可少。我明白自己再也无法像曾经爱他那样爱上别的男人,我害怕自己不知道该怎么以另一种方式去爱。

“他是一个聪明的男人,我相信他很快便明白了这一点。

“从午餐到晚餐,我们来往不断。

“接着,他向我提议和他一起生活。我接受了,因为在他身旁度过的时刻是那样甜蜜,那样愉悦。”

她稍停了片刻。她的语调再次变得平稳无波,她是否厌倦了这个男人?我再次想起了另一个男人,她在这个人世间游荡的另一半灵魂。她想必是思念他的,时而思念入骨,尽管她已经屈从并理解了他们之间错综复杂的境况。

这句话不受控制地从我嘴里蹦了出来，因为它已经在我唇边按捺了好一段时间了：“您再也没有见过他吗？”

她看着我，再次动容，她接着说道：

“见过一次。像我刚才说过的，我尽量避开一些街道，但是，一天我从卢浮宫博物馆精疲力尽地走了出来，正对面就是我们曾经光顾过的巴黎皇家宫殿咖啡馆，其中一个露天座位空了下来，同样的座位……那一刻，我对自己说，是时候该直面回忆了。那是在这次新的相遇发生几个月之后。的确，我所有的思绪试图再一次沉浸在与他在此共度的时光里，我竭力将注意力集中到行人身上。

“我的胸口感到一阵不适的瘙痒，这种瘙痒渐渐转变成一阵沉痛。我决定忽略自己的身体，但是疼痛不断加剧，迫使我向前弯下了腰。

“接着，在几米开外，我看见了他。他背对着我，但是我瞬间就认出了他。他身前有一辆婴儿车，他停在那里把什么东西递给了孩子，他的孩子。

“尽管当时我心中百感交集，尽管这不合时宜的场景让我自以为遭受了幻觉的侵袭,我还是站起身来,走了几步来到他的身旁。那个孩子一头金发,应该有两岁多了,像是一个女孩儿。

“我的双眼紧盯着这个小小的生命,一时不太能接受她的存在。突然,我感到他的目光转向了我,他也看到我了。

“于是,我做了一个此生最为艰难的决定。

“我没有看他,我不愿与他的视线交错,我不愿看到他的脸。

“我故意将脸转开,快速向前走了几步。我胸口的疼痛缓和了,如我所愿,我加快了步伐。

“我知道他的目光追随着我,就像我可能做的那样,一动也不动,但是我没有,而是尽我所能地逃离到一条垂直的街道上。

“通过这一动作,我知道他会明白,我踏上了他要求我走的道路,我理解了他曾经所说的话语的意义。通过这一动作,我避免了我们几个月,几年,甚至又一世的游荡。通过这一动作,我保住了这一世和这一世遇到的那个人,那个带着永恒的微笑和甜蜜的话语等待我晚上回家的人。”

27

长久地生活

我来见你

“几个月之后，我们结婚了，出乎意料的是，我怀孕了。您知道吗？我有一个儿子。”

一个儿子？我无法想象她成为母亲的样子，数个小时以来我只将她视为一个女人。

“今时今日，他已长成一个出色的男人。他是人道主义组织的一名医生，他总是在外游历，我不常见到他，但是他每个星期都会和我通好几次电话。他是一个与众不同的孩子，等您遇到他就知道了。"

"好的。"我真挚地对她说,"我很想认识他。"

她微笑着说:"您很快就会见到他了。"

然后,她笑着低下了头。

"他给我带来了无数的欢乐。他出生后不久我们就启程了。和我丈夫一起,我们几乎游遍了地球:美国,非洲,亚洲……我领略了别样的文化,别样的岛屿。即使他乡永远也不是万灵之药,远离这里生活有助于我将过往抛诸脑后。我们度过了美好的时光,其中也穿插了不少艰难曲折。尽管我们过着甜美而富裕的生活,总有新的见闻和聚会,但也并非总是一帆风顺。随着时间的流逝,我爱上了他,但是,我从未真正明白,在经历了过去的种种之后,自己该如何度过平淡的生活。写作帮助了我不少,我陆续出版了多部作品。"她犹豫了片刻,"我没有一天不在思念他,没有一天。"

说着,她再次微笑起来,可能因为情况并非总是如此。

"我的丈夫在四年前去世了,不久后我就住回了岛上。这里已物是人非,不过,这家咖啡馆始终都在。"

"您再也没有遇到他?您之后再也没有他的消息了吗?"尽

管已经知道答案,我还是问了出来。

“没有。”

“如果是这样的话,您就不知道他是否还在人世。”

“他在。”

“您是怎么知道的?”

“我知道。”她一边说着,一边看向窗外。夜色之中,她再次凝视着熠熠生辉的大桥。

她继续说道:“他很快就要回来了。”

28

春天

一天，在塞纳河畔，我把痛苦沉没

“现在，我得和您分别了。”

她只说了这一句话，同时站起身来。

“谢谢。”我同样自然地回道。

我们在人行道上握手告别，她看上去十分疲惫，却依旧光彩照人，我们明亮的双眼在这一天最后一次交错，一切尽在不言中。

夜深了，咖啡馆关门了，最后一个侍应生将椅子堆放在露天的桌子上。我的目光追随着她的身影，直到她消失在街角。

午夜时分已经来临，我们一起度过了整整一天，她的叙述持续了十几个小时。

我在黑夜中沿着塞纳河往回走，步履有些蹒跚。我曾经倾听过很多人对我讲述他们的故事，但对于像她这样的故事真是闻所未闻。

在岛上空无一人的街道上，我相信自己在每一个街角看见了他们两人重逢的剪影。

这个夜晚，尽管听完这段长达数个小时的故事之后身心俱疲，可我却没有任何睡意。她的话语不断在我内心回荡，我想象着他们结合的画面，这段纯粹之恋的美丽永远也不会枯萎。我的婚姻则与之相去甚远，西蒙也是。

我回想起她关于灵魂和特定任务的言论，我的任务又是什么呢？我来这里也是为了传递，这是我一直在做的事情。今时今日，我仍然在数千名观众之前做着这样的事。她说过，当我们踏上服务于任务的道路，一切障碍就会被扫清，事实的确如她所言。

在他人的推动下，我没花太大力气就成了媒体人。渐渐地，尽管我被任命在这个职位上，却没有给自己规定这样的目标,我甚至常常思忖自己是怎样走到现在的位置的。之后我又该做些什么呢?怎样继续在这条道路上前行呢?

她也说过,身负重任且注定要启迪许多生命的人,往往拥有坎坷的人生。

那位主持人就是如此,他主持和制作的电视节目多年来启发了多少人?或许有几百万人,他却并未意识到这一点,认为自己只是忠于职守。他还帮助先天愚型患儿和孤儿们找到了家园,他唤醒了大众对于流离失所之人的关注。多亏了他的无心插柳,父母对于孩子,丈夫对于妻子,医生对于患者,都获得了沟通的勇气。果不其然,他的生活只有艰难与困苦。他备受煎熬,甚至感到窒息,他的任务令他不堪重负。我曾看见他试图用酒精和毒品麻痹自己,却白费工夫,不断超越自我、节节攀升的力量驱使着他,旨在让他完成他在这个世间的使命。我思忖着他在这个世上如此辗转了多少次,浑然不知生命的进度在不断缩短。

我思考着自己在另一世曾经做过些什么,我稍有差池,或未能完全达成的任务又是什么?这一世我能够完成吗?根据她的观点,我选择了自己的化身,为了升华自己,也是为了传递。因此，我选择了一个没有父亲的童年，选择了与一个将会离我而去的男人结合。显然，如果我的童年和婚姻一帆风顺，我的言论永远不会如此令人信服，那么我还能传递相同的情感吗？肯定不会。

人生就是一系列选择和发人深省的不幸，这样的观念有如醍醐灌顶，一阵巨大的抚慰瞬间流淌过我的心灵。一切不公与失意都随风散去，在我面前只有一条道路，我该学会在这条道路上与天地共舞。

我周围的所有人，所有我爱的、爱我的以及与我萍水相逢的人，他们的人生亦是如此。我想象着我们所有人手捧书本，试图领悟各自的人生真谛。我何德何能对他们加以评判？他们经常误入歧途，正如我的曾经，因为这是一条必经的学习、成长与蜕变之路，现在该是我蜕变的时候了。

最后，我不禁自问，我的另一半灵魂是否可能在某处等待着我？不过，她对于灵魂伴侣的定义并不十分吸引我，因为这些灵魂似乎总是命途多舛。然而，正如她所言，任务不会受到俗世安乐的阻碍，或许我早就已经做了选择。

思考完这些令我彻夜未眠的疑虑之后，我洗了个澡，为自己准备了一杯咖啡。我不敢打开手机,里面肯定有无数信息在等着我,想必不是紧张就是担忧。

接下来的三天,我不得不忙于工作。早晨,我会在咖啡馆待几分钟,希望能够看到她,但是她没有来,而我没有多余的时间等待她。

我再次踏上了去往电视台的道路,但是,在度过了这不可思议的一天之后,当我第一次走下地下室时,我感觉到一些东西在不知不觉间发生了巨大的变化。

我最终明白自己为什么会来到这里,以及我在这个世间所扮演的角色。我必须谈论,谈论爱情,为了让他人倾听,再由他们来谈论。我只是这段无穷无尽的链条上的一个闪光仪,现在到了我发光发热的时候了,就是这样,仅此而已。她说过:"经过您灵魂的光芒并不是您自己。"我明白了这句话的含义。我的自我只局限于世俗的生活,我这一世是谁其实并不重要,相反,我做了什么才是至关重要的。

我同样开始关注周围所有的人,为了制造光亮,他们忙忙碌碌。我看着这些灵魂为了唯一的目标而并肩协作,生成光芒,一束不仅仅来源于聚光灯的光芒。

这些感悟转变了我在节目上的言论。

我开始以一种前所未有的方式谈论爱情,摒弃了所谓的理论和虚幻的笃定,只专注于本质和光芒的传递。

主持人对此有些诧异,我们的距离由此友好地更近了一步。

同时,我在此地倾囊相授之后,我认为自己必须找到另一条途径,或更确切地说,另一条途径是大势所趋。我必须忘记恐惧,对于死亡的恐惧,因为我们在死亡中寻获了平静和新的开始。所有的恐惧将我们导向了这一点:它们使得我们明白,死亡是不可避免的。如她所言,这或许是另一种形式的生命。如果我们选择了我们的生命,或许我们同样选择了我们的死亡,为了与我们爱的人在下一世重逢。

因此,生命在我看来,就像一场大型的戏剧,开戏之前,我们就择定了自己的角色和搭档,而死亡则意味着剧终人散。但是,我们的灵魂,作为我们的化身的主人,将永存于世。

在这紧张的三天里,我对于整个人生的感悟就这样逐渐发生了变化。然后,周末到来了,西蒙也来了。

我对自己的感情经历有了新的解读。

对于我的前夫，我们互相协助对方成长，从而完成我们来到这个世间的使命，但是，我们已经走到了这段携手共进的道路尽头，而他早在我之前敏锐地察觉到了这一点。从此，他需要另一个灵魂的陪伴，对我而言亦是如此，而我深知，这个人不是西蒙。

悲伤像被骤然掀去的桌布一样了无踪影，我生出一种对他无尽的感激之情，感激他这几年来全心全意的爱护和陪伴，感激他成就了今时今日的我。或许我们降临人世之前就做了这个决定。

接着，我约见了西蒙。我对他解释，我们不能再这样继续一段毫无意义、弊远大于利的关系，我们有各自的人生要去经历。总之，我对他说，我们不该害怕孤独，因为孤独并不存在，在宇宙之中，我们从来都不是孤身一人。

周末晚上入睡时，我思考着到目前为止有哪些征兆是我不愿睹见的，又有什么是从此将会显现的。从这天起，我要明明白白地活着。

周一早晨来临了，我一跃而起。我只有一个愿望，再次见到她，找到她，对她诉说她的话语于我产生的裨益，再次感谢她在我身上花费的时间，在我心底显露的人生启示以及我必须完成的任务。

我只想对她说，这个9月的清晨对我而言就像春天一般生机盎然。

29

既不是那一天，也不是别的日子

我的双眸将永远追寻着你

但是，她不在那里。

我坐在吧台前的高脚凳上等了她一个多小时，她没有来。这天早晨的侍应生并不是我熟悉的那一个，我不敢询问他是否见过这位女士，我不敢向他描述她。同时，我意识到，我不知道她的名字。我以一种奇异的方式知晓了她的人生、她的隐私和她的信仰，却连她的名字都不知道。

第二天，她也没有来，那个我能够打听消息的侍应生还是不在那里。吧台后的侍应生我并不认识，但是，我鼓起勇气询问他,他的同事什么时候再次值早班。

“星期四。”他对我说,“工作日我们会轮流值早班,这样我们可以睡一会儿。尤其到了冬天,因为……”

我不再听他唠叨,我感觉他想要继续这段对话,但我没有这心思。这一刻,我的预感如影随形。

星期三,我和前几天一样白等了。

到了周四,在吧台后,我欣喜地再次见到了那个我认识的侍应生。

我必须知道他是否见过她,我急切地想要获知这个问题的答案,我将一切矜持都抛在了脑后。

“您知道,上一次,我和一位上了年纪、经常来这里的女士交谈了一整天,您还记得吗?”

“啊对,我记得,我从没见过有人交谈这么长时间。但是,后来我下班了。你们的对话持续到了几点?”

“直到关门。”

“好吧。”他几近赞叹地说,“看来你们有不少话要说啊!不过,你们没点什么东西。因为你们是熟客,我们才这样为你们留桌子的。”

“您后来又见过她吗?”

“第二天见过,但是,她来得晚了些。您那个时候已经不在这里了。”

“几点钟?”

“在午餐供应之前,大概十一点或十一点半。她坐在老位子上,就是你们坐过的那个。她很喜欢看着大桥和塞纳河,不得不说,她的目光……”

“之后她再来过吗?”

“没有,而且上一次她也没有待很久。”

她为什么不来了？我担心她遇到了什么事。或许和我说了这么长时间的话把她累着了,毕竟她不再年轻了。

这个侍应生继续说道:“其实,她坐了大概二十几分钟,然后她就起身了。有意思的是,有一个男人在人行道上等她,他的旧梅赛德斯就停在露天座位前面。当他从车上下来时,我还在想他实在太老了,不适合再开车了,他连路都走不动了……”

我整个人都僵住了。

“他长什么样?”

“嗯,我跟您说吧,年纪太大了。我也说不清楚。他一头白发，穿着一身黑衣，我记得。”

“是不是鬈曲的头发？他留着长发是吗？”

“是的，怎么？您认识他？”

“算是吧。”为了探知更多消息，我含糊地说，“然后呢？”

“我不知道，她从这里走了出去，她甚至没和我打招呼。我是说，这位女士还是有些奇怪的，不是吗？总之，我不知道了，您比我更了解她……总而言之，她出了门，他为她打开车门，她坐了进去，然后他们就离开了。我们不该让这把年纪的人开车啊，还是……”

顾不得什么礼貌，我打断了他：“您知道她住在哪里吗？”

“不知道，怎么？她没有告诉您吗？”

“没有，您知道岛上有和她走得近的人吗？”

“嗯，好像没有，这位女士总是独来独往。噢！有的，有一个在圣路易大街上经营一家画廊的女孩儿，就在后面。”

画廊，这条街上可有好几家呢。

“哪一家？”

“头发特别短的那一个，她那里有一些巴黎的风景图。”

“谢谢！”

我在吧台上留了些硬币就离开了，接着，我在岛上的主干道上奔跑着。我看过了街边所有的店铺，不想再原路而返。在咖啡馆后面，我找到了这家画廊。其实，这是唯一一家展示了巴黎的大桥风景画作的画廊，其中有不少圣路易岛的风景画。

但是画廊的门紧闭着，中午才会开门。

我无力再去工作。

我听到的消息让我震惊！他是不是回来找她了，就像她预测的那样？

不知去往何处，我走进了圣路易岛教堂，就像她几十年前所做的那样。

教堂内空无一人，管风琴也无人奏响。

我一边坐下，一边思考她是如何祈祷的。我又该如何祈祷呢？

我的脑海中只有她和他，我想象着他们一次又一次地从年轻到衰老。我希望为他们祈祷，但是，最终我还是为自己祈祷。此刻，我是如此想要认识他，想亲眼看看她曾经难掩激动地提起过的那张面庞，那双眼和那双手。我希望看见他们在一起，这是这段纯粹爱情的切实证据。

我冥想了很久，似乎离宇宙与宇宙的真谛更近了一步，难道宗教场所拥有的一个使命就是让我们瞥见将我们所有人维系在一起的生命的起源？

然后，我起身点燃了一支蜡烛，为了将我的些许光芒给予他们，或许也为了照亮他们与我之间的道路。

我坐在教堂外面的台阶上等待着画廊开门，时间一到，我就往先前找到的地方赶去。

画廊的主人的确是一个短头发的女人。我靠近时，她正将钥匙插入玻璃门锁，她对我的出现十分惊诧，但是她有一种自然的亲切。她的小短腿猎肠犬欢快地围绕着她。

“抱歉打扰您，有人对我说您认识一位上了年纪的女士……”我试图尽可能精确地描述她。

“噢！是的。”她说着走进了画廊，“多么令人难过的消息！”

“难过？”

“来。”她说。

我跟随她走进一间小屋子，里面的画作一直向上展览，直至屋顶。她打开了房间里的各种灯光，画作瞬间变得栩栩如生。她接着说：“他们对我说她上个星期去世了。他们在距离这里五十多公里荒野上的一辆汽车里发现了她的尸体。他们几乎难以辨认出她。汽车以两百多公里的时速嵌进了一棵树里，整个车都爆炸了。表面上看，驾驶的人不是她，他们同时发现了一个男人的尸体。”

我说不出话，这一消息令我彻底惊呆了。她继续说道：“警方在这附近的酒店里做了调查。他们也来问了我一些问题，但是我给不了他们什么线索。好像就在事故之前，她和一位老先生在那里订了一个房间，他们待了几个小时之后就离开了。开车的人应该就是他……”

她止住了话语，沉浸在自己的思绪中。

“我不知道发生了什么。”她接着说，“我很喜欢她，这一切对我来说真的太离奇了，我总是看见她独自来到这里。”

“您了解她吗？”我问她，嘴角露出一抹微笑。

“不，不是很了解，但是她每次过来都会对我说一些鼓励的话语，她很喜欢我的画。”

她与我说话的时候，她可爱的小狗一直嗅着我的裤子。

“鲍勃，停！”她命令它，“您呢，您认识她吗？”

“是的。”我回答道，“我认识她。”

我道了告辞，漫步在圣路易岛的大街小巷，顺便瞥了眼他们在永远结合之前，最后一次重逢的酒店大门。

想到在离开人世之前，他们终于可以相爱，体会这“对于灵魂而言是一件乐事”的性爱，我不禁莞尔。

第二天，我收到了邮局送来的信。

30

情人的秘密

能够在最后一次游历人间结束之前认识您，我是多么高兴。对我而言，看见您，与您说话，又是多么喜悦。因为您既拥有他双眸的深邃，又拥有他双手的美丽。

是的，这个男人是您的父亲，您就是婴儿车里的金发孩童。我一直知道，终有一天，我会再次遇到您，我等待着您，并认出了您。

对于您的故事，我不是十分了解。您的父亲在您出生两年多之后就离开了法国。我现在得知，他曾经回来看望过您几次。我知道，您却从来都不认识他。我希望我对他的描述能够让您更了解自己，最终更爱自己。

因为，对我而言，他是一个不同寻常的灵魂，对您来说也是。

不要惊慌，有时候死者比他们在世的时候更懂得保护我们。

他将永远在您身边。

呼唤他，他就会回来。

祈求他，他就会满足您的心愿。

多亏了您，我们终于可以永远相伴，因为您是我们的救赎。在我们获得宁静之前，我必须将他的遗产——这束光芒传递给您。他无法代替我这么做，任何人都无法代替我这么做。

好好利用它。如果我无法写下我们的故事，那是因为这个使命落到了您的头上。

您要斟词酌句，好让您的读者懂得真谛，其他人也会随之而来。今后，将由您来传递。

祝您好运。

祝愿您获得真爱。

祝愿您的灵魂在爱情、您的父亲、您亲爱的人和一个即将与您相遇的男人的影响下获得蜕变。

因为，您会发现，灵魂总会在某个地方重逢。

米利昂的记事本

将会有清晨和夏日

骤雨和闪电

他人的双眸,他人的身体

他人的“我爱你”

然后,平静的冬天来临。

每时每刻

你模糊的身影都将在眼前

我蛰伏的痛苦

将浮出水面。

我们即将分离

在我们痛苦的回忆之中

我永远也不会忘记

我们的故事。

★

我必须摧毁一切

情感和回忆

即使奄奄一息

即使真的死去

又有什么关系

因为时间会替我们完成

这残酷的任务。

最后一次呼唤

我们的灵魂何时回应?

因此,我决定

从我悲伤的回忆之中

逮捕始作俑者

我必须写下一切。

我曾度过恬静的冬日与灼热的清晨

勉强的微笑,残酷的离去

受伤的爱情，执着的等待

和沐浴在冉冉升起的太阳下的悔恨。

我曾度过夏日，我曾历经风雨

厌倦了话语，我仰望着天空

幻想在永恒的蔚蓝之中寻得庇护

却总是重蹈覆辙。

我曾遇见一些目光，有的从未见过，有的习以为常

当我想要离开时，时间的枷锁刺伤了我

我对沉寂的人生满心疲惫

厌倦，孤单，颓败，我渴望着归途。

然后，我认识了你，在这些灰暗岁月的晨曦中

我漫不经心地寻找着你，就像船只逡巡着港口

第一次，我轻而易举地说了出来

我想要一个未来，我想要相信未来，我爱你。

希望只是一座悬崖，其后便是深渊

我们走上这条道路，骤然滑倒

路途崎岖，没有尽头

兜兜转转，徘徊在终点之上。

迷失的灵魂

另一半的灵魂

我呼唤着的灵魂

我等待着的灵魂

走投无路的灵魂

我尖叫着的灵魂

我哭喊着的灵魂

至高无上的灵魂

痛苦的灵魂

我期盼的灵魂

我重逢的灵魂

我唯一的灵魂

我的灵魂伴侣

我深爱的灵魂。

雨中的脚步

来来回回

永不停歇

我感觉你不会来

再也不会来

永远不会来。

厌倦听到这些脚步声

不属于你的脚步声

但是我对我们的爱情

仍抱着希望

这沉重的声响中

悲伤的一天。

据可靠的消息

我已经知道

水无法填满

这四月夜晚的裂缝

我心头微热

最好回去。

或许是明天，肯定是明天

夜雨中的脚步

我等待着希望走来

却一无所获

只有行人和马路。

雨中的脚步

来来回回

永不停歇

是他。

★

无望的爱情是极致的爱情

它们摧毁未来,杀死我们,使我们重生

我们的每个思绪都仿佛是一笔罪过

荼毒着无法逃离其中的人。

无望的爱情是永无止境的爱情

因为它们经久不衰,永不餍足

不受我们左右,毫无顾虑

随着时间的流逝,铭刻在我们深受煎熬的内心。

★

一切都已逝去

一切都已破碎

一切都令人厌倦

从你嘴里勾勒出的话语的停顿之中

我已经感觉到你装作

爱情已经停止,你不再爱的样子

为了让我忘记你。

★

我的苦涩犹如一片森林

你平静无波的关心

只是温柔的托词

我无依的手遭遇了拒绝。

我的苦涩犹如大雨

我湿润的双唇徒劳地寻找着你的

而你却从未拥抱过我

你的话语中透露着难以描述的遗忘。

我的苦涩犹如天空

我的双眸所到之处

云朵勾勒出你的脸庞
以说不尽的欲望
轻抚着我的眼睑。

★

缺失
隐隐约约却持续不断
我的身体渐渐感受到了他的气息
它走远了却并未就此消失。
我恨它,它爱我,我逗弄着它
因为我有别的选择
但是,当我偷偷欺骗它时
它笑了。
然而,我试着给自己找个更强壮的伙伴
朋友却无法在恼恨中诞生。
于是我们沉默地生活
我的躲避和我们的重逢
在我们的结合之中
火光在稻草中诞生。

★

看着时光一去不复返

我极度渴望最后一句话

一场荒谬的相遇

或忘记爱情

一张象征着我的未来的卡片。

★

但愿岁月抹去爱情的姿态

你的身体环绕着我的身体时是多么温柔

但愿你的手臂也完美地合拢

在时间的弧线中,没有空隙,没有尽头。

当我压抑着再次与你相遇的想法

我的快乐不可避免地衰退

我想象着这一时刻,或许是最后一刻

我放逐了未来,我轻抚着时间。

你的嘴仿若琴弓

我的唇犹如琴身

但是你的手指不再触摸

我白色的身体

或许另一个赤裸的灵魂

在倾听

因为音乐之声寂静下来

沉默侵蚀着我们

使我沉浸在没有你的悲伤之中。

★

你听,我再次呼唤

在我昏厥的身体上

孤独和它的轻拂

出现于你的灵魂之中。

但愿你漂泊的思绪回到我身边

但愿你的嘴寻找我的唇

但愿你的呼吸吹过我的双眸

但愿你与我十指相扣

但愿你的身体贴合我的热情

但愿我们的梦境互相缠绕

但愿你的发丝轻拂我的脸庞

但愿你的气息与我的香水融合

但愿你的早晨呼唤我的夜晚

但愿你的心在我的胸膛休息

但愿你的灵魂找到我的思绪

但愿我们的灵魂永远结合

但愿我们的生命永远延续。

我来见你

我寻找你的脸庞

我的手在沙子和石头上伸展

我坐了下来

像你聪明的孩子

我的眼泪落在地上。

忧伤，只有忧伤，忧伤就是你的名字

对于每一个白天的降临
太阳都会落山
对于我已不再的快乐
每个画面都已褪色。

我的双眸将永远追寻着你
在陌生行人的棕色鬈发中
我的双眸总是轻轻掠过
街道的回忆里的柏油马路
我的头总是在转动
为了在一阵步伐中
猜测你的舞步
我总是竖着耳朵
在每一阵窃窃私语中寻找
你的嗓音。

后记

“灵魂伴侣”……

如此频繁地使用一个词语却不探讨它的深层含义是多么奇怪的一件事。如今,没有一部作品是对这一话题避而不谈的。在日常用语中,它的概念是指两个人在爱情、友情和性的范畴内的完美契合。然而,将这两个词语捆绑使用却体现了一种不同寻常的精神结合:两个来自同一根源的灵魂分离之后,不停地试图与对方重逢,它们注定会相遇。

不得不承认,这一想法浪漫而美好。有这样一个灵魂,一个人,将与我们心意相通,与他或她重逢之后,我们将最终在爱情层面获得满足、幸福与平静。

然而,这并非只是一个概念,这一概念长久以来存在于我们的集体潜意识之中。

举个例子，伊西丝(Isis)和奥西里斯(Osiris)的传说就参考了这一概念，因为这一对爱侣在成为妻子和丈夫之前原本是一对兄妹。这一神话的意义正是灵魂的演变：回归神圣，解体后的重组和融为一体。爱与生育的女神伊西丝跟冥界灵魂与生命的守护者奥西里斯结合，当奥西里斯被他的弟弟塞特(Seth)杀害并肢解之后，伊西丝重新拼凑了他的身体，对这个自此去往另一个世界的情人永远忠贞不渝。

同样，在《会饮》(*Le Banquet*)中，柏拉图讲述了一种亦男亦女的人的存在，他们拥有四只脚、四只手和两个头颅：阴阳人。这些人类是如此强壮，以至于试图向诸神造反。

于是，宙斯决定将他们截成两半，但是，当这些原始人被分为两半时，他们无比思念另一半，无时无刻不试图和另一半合拢。这两半人紧紧相拥，力图重新组成一个人。

宙斯由此对他们心生怜悯，为他们制造了生殖器官，使得他们能够生育。从远古时期以来，我们就别无他求，只想再次找到自己的另一半，与他们结合。

这是否就是性爱的目的？因为通过性爱，两具身体试图合为一体。

《圣经》也含蓄地提及了这一观点。因此,女人并不是用男人的一根肋骨,而是用男人的另一半身体创造出来的。

在犹太教中,"灵魂伴侣"这一概念出现在孕育一个男孩儿四十六天之后的传统教义之中,上帝指定了被选中的灵魂:我们称其为"巴舍特"(bashert),也就是"命运"的意思。

我们耳熟能详的如《灰姑娘》《睡美人》这样的童话故事也传递了相同的观点。拯救王子的公主只有一个,来救公主的也只有一个王子,哪怕千辛万苦,他们也必须找到对方,与之结合,因为这是他们既定的命运。

但是,灵魂的命运意味着一种精神——并非宗教,而是信仰,是对于游离于人世之外的灵魂的存在,甚至是灵魂再次降临人世的信仰。

埃德加·凯西(Edgar Cayce),20世纪初伟大的美国预言家,外号"沉睡的先知",具体地阐述了"灵魂伴侣",或者按照他喜欢的说法,"双生灵魂"的概念。

在他看来,这一措辞刻画了灵魂出处相同的两个人。凯西认为,双生灵魂并非与对方完全一致,也未必降生于同一个时代。

此外，很少有人拥有双生灵魂。一般来说，这些灵魂将会以一个共同的准则和目的而结合。因此，他们的重逢往往并非是为了体验一段纯美的爱情，而是实现一个既定的任务或完成一个重要的使命。

他们就此随着时间的流逝对另一半产生深远的影响。

玛丽–利斯·拉邦泰（Marie-Lise Labonté），深受灵修启发的心理治疗师，出版过不少作品，也曾阐述过这一概念：

“当原始灵魂伴侣降生时，她背负一段深重的因果，她来世间重见等待着她或即将诞生的另一半。然而，这次重逢并不是一个童话故事。当两个原始灵魂伴侣重逢时，他们的确重获了新生的感觉，却也受到了最初的启蒙。我们说的正是：启蒙。他们将会受到一次深层的剖析和净化，这是为了让他们能够重逢，再次结合并在世间合为一体。”

因此，灵魂伴侣的重逢是为了创造和产生启发他人的光芒。或许这就是这些传说中的爱侣们一直或多或少地吸引着我们的原因。

比如，海洛伊丝（Héloïse）和阿伯拉尔（Abélard）是真实存在，而非虚构的人物。阿伯拉尔出生于1079年左右，是著名的哲学家和神学家,他引诱并秘密迎娶了他的学生海洛伊丝。海洛伊丝的叔父反对这桩婚姻,阉割了阿伯拉尔并将自己的侄女送去了修道院。两人的爱情之所以至今仍闻名于世,多亏了海洛伊丝继续与阿拉伯尔互通的上千封信件,直到她离开人世。促使这一非凡举动的,既是她对他不朽的爱情,也是她精神的升华,这位修女后来荣升为修道院院长便能够证明这一点。

但丁(Dante)和比阿特丽斯(Béatrice)同样也是真实的人物。但丁通过他的作品歌颂他们的爱情,这份爱情从他们的童年一直持续到生命的尽头。在《神曲》中,死亡没有将他们分离:比阿特丽斯是为但丁打开每个世界(地狱、炼狱)大门的钥匙,引领他直到天堂的入口,她是使他通往上帝和冥界的光与美的化身。

离我们更近的一些伴侣也通过他们的作品,以及维系他们一生的经久不衰的羁绊给我们留下了深刻的印象:皮埃尔(Pierre)和玛丽·居里(Marie Curie),让-路易斯·巴伦特(Jean-Louis Barrault)和玛德莱娜·雷诺(Madeleine Renaud),让·丁格利(Jean Tinguely)和妮基·德·圣法勒(Niki de Saint Phalle),等等。

让·谷可多(Jean Cocteau)谈论让·马莱(Jean Marais)的话语

也有异曲同工之妙:“渐渐地,我知道,我认出了你。我明白,我降生了。”而后者是这样回答的:“我在出生之前生活了二十四年。”谷可多是否早在遇见马莱之前就勾勒出了他的模样?

这些引人瞩目的伴侣闪耀着启迪时代的光芒。

我们很难断言或否决灵魂伴侣的存在,但是,思考这一幻想成为现实的可能性能够使得我们区别地理解一些爱情。

然而,我们加诸这一概念的浪漫想法似乎走入了误区。因为,尽管我曾遇见一些有幸聚首、相伴且发出光芒并启发他人的灵魂伴侣,但是,我也见过他们结合之后迷失自我的情况。

在所有我能够搜集到的证据中,一些共同的特征显示,重点在于这段独一无二的关系,而不是一个更为古老的爱情故事。

首先,灵魂伴侣一眼便能认出另一半,无论其吸引力、性别或外貌如何。这是一种似曾相识,或一见如故,或遇到了等待已久的那个人的感觉。第一次相遇的体验往往是一种超越一见钟情的震撼,因为这份震撼将一直存在。

思想的沦陷,以及抑制不住与另一半形影相随的渴望随之而来,这种渴望是如此强烈,以至于不受任何束缚或任何世俗礼法的阻碍。行为举止将发生大幅转变,以至于这个人往往不再认识自己。此人将以一种普遍的方式,真正失去自己的行为准则,世界似乎也不再是以前的世界。

一些无法解释的离奇现象突如其来:心灵感应、预言梦境或幻象缠身,仿佛意识领域扩大了一般,灵魂游离于身体之外。

两个伴侣中的一个经常无法适应这样的关系而选择逃避,或者,他们的结合不容于世。

于是,他们陷入痛苦和难以忘怀的折磨中。

我曾经遇到过一些失魂落魄、备受煎熬、似乎无人能够理解的灵魂。无人分享这段人生的折磨令他们一病不起:癌症、抑郁、沉迷毒品……

然而,痛苦只是此次相遇之后漫长转变过程中的第一个阶段。只有接受这次蜕变,才能找到正确的道路。因为,蜕变的目的或许就在此处,在灵魂的升华之中。

人生苦短,一切享乐往往都是镜花水月。

那么,一个灵魂永远相聚的地方真的存在吗?

也许吧……

致谢

感谢给予我诸多教诲的让-吕克·德拉吕(Jean-Luc Delarue),无论他今天在何处……

感谢这本书的信使,阿涅斯·德勒万涅(Agnès Delevingne)、斯特凡妮·奥诺雷(Stéphanie Honoré)和斯特凡妮·里科代尔(Stéphanie Ricordel)。

感谢莱昂内尔(Lionel A.)的爱和支持……

感谢我的引路人,斯特凡娜·阿利克斯(Stéphane Allix),非凡经历研究所(l'INREES),阿利·S.(Ali S.)和所有其他人。

最后,感谢那个人,没有他就没有这本作品的存在……

图书在版编目(CIP)数据

真爱咖啡馆 /（法）萨布丽娜·菲利普(Sabrina Philippe) 著 ；胡潇楠译．— 重庆 ：西南师范大学出版社，2019.5
（法国新锐作家畅销作品译丛）
ISBN 978-7-5621-9744-7

Ⅰ．①真… Ⅱ．①萨… ②胡… Ⅲ．①长篇小说－法国－现代 Ⅳ．①I565.45

中国版本图书馆CIP数据核字(2019)第074365号

真爱咖啡馆

ZHEN'AI KAFEIGUAN

[法] 萨布丽娜·菲利普(Sabrina Philippe) 著　胡潇楠 译

出 品 人:米加德
总 策 划:卢　旭　闫青华
责任编辑:何雨婷
特约编辑:赵　静
装帧设计:夏玮玮
出版发行:西南师范大学出版社
重庆市北碚区天生路1号　邮编:400715
http://www.xscbs.com　市场营销部电话:023-68868624
印　　刷:重庆紫石东南印务有限公司
成品幅面尺寸:148mm×210mm
印　　张:9.875　　字　　数:160千字
版　　次:2019年8月第1版
印　　次:2019年8月第1次
著作权合同登记号:版贸核渝字(2019)第091号
书　　号:ISBN 978-7-5621-9744-7
定　　价:50.00元

读者 Readers 回函表 WIPUB BOOKS

姓名：________ 性别：____ 年龄：____ 职业：______ 教育程度：______

邮寄地址：______________________ 邮编：______

E-mail：______________ 电话：______________

您所购买的书籍名称：《真爱咖啡馆》

您对本书的评价：

书名：□满意 □一般 □不满意 | 故事情节：□满意 □一般 □不满意

翻译：□满意 □一般 □不满意 | 书籍设计：□满意 □一般 □不满意

纸张：□满意 □一般 □不满意 | 印刷质量：□满意 □一般 □不满意

价格：□便宜 □正好 □贵了 | 整体感觉：□满意 □一般 □不满意

您的阅读渠道（多选）：□书店 □网上书店 □图书馆借阅 □超市/便利店 □朋友借阅 □找电子版 □其他 ______

您是如何得知一本新书的呢（多选）：□别人介绍 □逛书店偶然看到 □网络信息 □杂志与报纸新闻 □广播节目 □电视节目 □其他 ______

购买新书时您会注意以下哪些地方？

□封面设计 □书名 □出版社 □封面、封底文字 □腰封文字 □前言后记 □名家推荐 □目录

您喜欢的书籍类型：

□文学-奇幻小说 □文学-侦探/推理小说 □文学-情感小说 □文学-散文随笔 □文学-历史小说 □文学-青春励志小说 □文学-传记 □经管 □艺术 □旅游 □历史 □军事 □教育/心理 □成功/励志 □生活 □科技 □其他______

请列出3本您最近想买的书：______、______、______

请您提出宝贵建议：______________________

____

★感谢您购买本书，请将本表填好后，扫描或拍照后发电子邮件至wipub_sh@126.com和xscbsr@sina.com，您的意见对我们很珍贵。祝您阅读愉快！

图书翻译者征集

为进一步提高我们引进版图书的译文质量，也为翻译爱好者搭建一个展示自己的舞台，现面向全国诚征外文书籍的翻译者。如果您对此感兴趣，也具备翻译外文书籍的能力，就请赶快联系我们吧！

您是否有过图书翻译的经验：□有（译作举例：________________）
□没有

您擅长的语种：□英语 □法语 □日语 □德语
□韩语 □西班牙语 □其他____________

您希望翻译的书籍类型：□文学 □生活 □心理 □其他________

请将上述问题填写好、扫描或拍照后，发电子邮件至wipub_sh@126.com和xscbsr@sina.com，同时请将您的译者应征简历添加至邮件附件，简历中请着重说明您的外语水平等。

期待您的参与！

西南师范大学出版社
上海万墨轩图书有限公司

更多好书资讯，敬请关注

万墨轩图书

西南师范大学出版社

文学 · 心理 · 经管 · 社科

艺术影响生活，文化改变人生